btb

Aus Freude am Lesen

btb

Buch

Helen, eine junge Malerin, erhält nach ihrer ersten erfolgreichen Ausstellung von einem bekannten Sammler ein fantastisches Angebot: Sie soll sein Portrait malen. Der reiche Sammler ist bereit, ihr für dieses Gemälde eine astronomische Summe zu bezahlen. Helen kann das Geld gut gebrauchen; und so nimmt sie das Angebot an, obwohl sie eine Bedingung des Vertrags stutzen lässt. Denn für die Zeit des Portraits soll sie exakt drei Monate in seinem Haus verbringen und darf das Grundstück unter keinen Umständen verlassen …

Autorin

Zoë Jenny wurde 1974 in der Schweiz geboren. 1997 sorgte die Autorin mit ihrem Debütroman »Das Blütenstaubzimmer« für Furore. Sie erhielt dafür sowohl den »aspekte-Literaturpreis« als auch den »Preis der Jürgen-Ponto-Stiftung« und wurde von der Presse hoch gelobt. »Das Portrait« ist Zoë Jennys fünftes Buch. Ihre Romane wurden in zahlreiche Sprachen übersetzt. Die Autorin lebt heute in London.

Zoë Jenny bei btb

Das Blütenstaubzimmer. Roman (72383)
Der Ruf des Muschelhorns. Roman (72692)

Zoë Jenny

Das Portrait

Roman

btb

FSC
Mix
Produktgruppe aus vorbildlich bewirtschafteten Wäldern und anderen kontrollierten Herkünften

Zert.-Nr. GFA-COC-1223
www.fsc.org
© 1996 Forest Stewardship Council

Verlagsgruppe Random House FSC-DEU-100
Das für dieses Buch verwendete FSC-zertifizierte
Papier *Munken Print* liefert
Arctic Paper Munkedals AB, Schweden.

1. Auflage
Genehmigte Taschenbuchausgabe Juli 2009,
btb Verlag in der Verlagsgruppe Random House GmbH, München

Lizenzausgabe mit freundlicher Genehmigung der Frankfurter
Verlagsanstalt
Umschlaggestaltung: semper smile, München
Umschlagabbildung: © Linda Ketelhut / Getty Images
Druck und Einband: CPI – Clausen & Bosse, Leck
NB · Herstellung: SK
Printed in Germany
ISBN 978-3-442-73905-9

www.btb-verlag.de

I

Fast den ganzen Juni über hatte es geregnet. Die Zeitungen meldeten den schlechtesten Sommeranfang seit Jahrzehnten. Doch am Tag von Helens Ankunft war der Himmel wolkenlos, und die Temperaturen kletterten bereits in den frühen Morgenstunden in ungewöhnliche Höhen.

„Vielleicht ist es ein gutes Zeichen", dachte Helen, die auf einem Fensterplatz im Flugzeug saß. Besser, an einem schönen Tag wie diesem an einem unbekannten Ort anzukommen. Auf dem ausgeklappten Tisch lag eines der Brötchen, die die Stewardess an die Passagiere verteilt hatte. Aber sie war viel zu aufgeregt, um zu essen.

Sie schraubte die Lüftungsdüse auf, damit ihr die Luft direkt auf die Stirn strömte, aber es war trotzdem noch zu warm. Sie ärgerte sich jetzt, das langärmelige Hemd angezogen zu haben und nicht ein T-Shirt. Aber Gabriel war der Meinung gewesen, ein weißes Hemd sei passender für den Anlass und wirke weitaus professioneller. Seine Worte klangen in ihr nach, während sie hinausblickte. Seit Minuten kreisten sie schon über der Stadt, sie würde sich verspäten. Sie sah Hochhäuser, Straßen, Brücken, Parkanlagen, einen Fluss, der sich in einem graubraunen Bogen mitten durch die Stadt wand. Alles da unten ist fremd, dachte sie, und irgendwo in einem dieser Häuser, die aus der Distanz wie Spielzeughäuser aussehen, werde ich die nächsten drei Monate verbringen. So lautete die Bedingung.

Es sei für alles gesorgt, hatte R. in seinem Brief versichert, „Sie werden sich um nichts zu kümmern brauchen".

Unter ihnen flog ein anderes Flugzeug, es sah aus, als hinge es an unsichtbaren Schnüren in der Luft. Ungeduldig wippte Helen mit dem Fuß; schließlich versuchte sie, die Zeitung zu lesen, die sie in der Flughafenlounge mitgenommen hatte. Aber sie kam nicht über die erste Seite hinaus, las immer wieder denselben Artikel. Er handelte von einem spektakulären Kunstraub. Drei weltberühmte Bilder waren am helllichten Tag aus einem Museum gestohlen worden. Die Vorstellung, wie drei maskierte Männer mit je einem Gemälde unterm Arm aus dem Museum spazieren konnten, amüsierte sie. Ein kleines Foto neben dem Artikel zeigte den Museumsdirektor, fassungslos und mit ziemlich dümmlichem Gesichtsausdruck in die Kamera schauend. Darunter stand in kursiver Schrift: *Ist mein Museum ein Selbstbedienungsladen*? Hätte man dem Künstler zu Lebzeiten prophezeit, dass seine Bilder ein paar Jahrzehnte nach seinem Tod Millionen wert sein und sie gar zum Objekt eines Kunstraubes werden würden, hätte er einen bestimmt für verrückt erklärt. Helen kam die Diskussion wieder in den Sinn, die sie kürzlich mit Gabriel geführt hatte. Sie stritten sich über die

Frage, ob es eine objektivierbare Aussage über Kunst gebe, eine von jedermann nachvollziehbare Bewertung. Helen hatte dabei die Ansicht vertreten, Bewertungen geschähen völlig willkürlich und seien in vielen Fällen auch absurd und unangemessen.

Es war eines ihrer typischen Streitgespräche, die sich über Stunden hinziehen konnten. Auslöser war die Eröffnung einer Ausstellung. Die Galerie war so voll, sie mussten sich mit beiden Ellbogen einen Weg durch die Menschenmenge bahnen. Mindestens die Hälfte der Bilder war bereits verkauft und mit einem roten Punkt versehen. Sie war verärgert, weil Gabriel ihr unterstellte, eifersüchtig auf den Erfolg des Künstlers zu sein.

„Du irrst dich, es sind die Bilder", hatte Helen ihrem Bruder erwidert, „es macht keinen Unterschied, ob er sie verkauft oder nicht, sie sind und bleiben schlecht."

Darin waren sie sich einig gewesen. Die Bilder waren gerade einmal gefällig. Selbstportraits, die den Künstler bei der Arbeit im Atelier zeigten. Stadtansichten mit dramatisch gemaltem Himmel. Ein Marktplatz im Regen, nasses Kopfsteinpflaster, ein roter Regenschirm. Technisch gekonnt und geschickt inszeniert, aber es fehlte ihnen jedes Geheimnis. Nur ein kleines, etwas abseits hängendes Bild von Kindern am Strand gefiel Helen. Es war der Moment kurz vor der Dämmerung, dann, wenn es kühl wird. Die Kinder kommen aus dem

Meer, man spürt, wie sie genug haben vom Spiel, nach ihren trockenen Kleidern suchen und nach Hause wollen, in die Wärme.

Helen trank den Champagner mit einem Schluck aus. „Gehen wir“, sagte sie kurz angebunden, „ich brauche dringend frische Luft.“ Gabriel hatte beim Hinausgehen noch die Preisliste mitgenommen und ausgerechnet, wie viel Galerie und Künstler an diesem Abend verdient haben mussten. An der Theke einer Bar diskutierten sie dann bis um drei Uhr morgens. Helen erinnerte sich an die hitzige Unterhaltung und daran, wie unbefriedigend sie ausgegangen war.

„Es ist einer, der eben genau weiß, was die Leute wollen“, hatte Gabriel sich in Rage geredet, „das bürgerliche Publikum sucht die Boheme, es kann sich beim Kunstgenuss entspannen und darf bei alledem noch auf Spekulationsgewinne hoffen. Es gilt doch überall das Gesetz von Angebot und Nachfrage. Ob es sich um ein Kunstwerk oder eine Dose Erbsen handelt, das Prinzip ist immer dasselbe, es ist das Prinzip Erfolg oder kein Erfolg.“ Aber Helen beharrte, dass es noch etwas mehr gab, geben musste, etwas, das man nicht unbedingt bewerten und einordnen konnte. „Du bist und bleibst eine Romantikerin“, hatte Gabriel erwidert. „Du suchst nach dem Unerreichbaren. Dabei sieht man in den Galerien doch immer mehr Dinge, die besser nicht als Kunst, sondern lieber als Einrichtungsgegenstände zwischen Tapeten, Kerzenständern und anderem Mobiliar verkauft werden sollten." Sie gab insgeheim ihrem Bruder recht. Doch etwas musste es geben, das jenseits lag von plumpen Gesetzen des Marktes. Sie wusste, dass sie recht hatte, konnte aber nicht einmal sich selbst erklären, warum.

Mit einem unsanften Ruck berührten die Räder des Flugzeugs den Boden. Holpernd rollten sie über die Landebahn. Helen hielt sich an der Armlehne fest. Sobald sie das Gate erreichten, stopfte sie die Zeitung in das Netz am Vordersitz und sprang auf. Sie konnte es nicht erwarten, aus dem Flugzeug zu kommen. Draußen war die Luft heiß und stickig, Helen lockerte den Kragen, der ihr viel zu eng schien, ihr in der Hitze das Gefühl gab, zu ersticken. Sie rannte durch den langen Flur zur Passkontrolle, wollte in der Warteschlange so weit vorne wie möglich sein, nicht noch mehr Zeit verlieren. Mit dem Pass fächelte sie sich frische Luft zu. Sie schaute auf die Uhr. Sie würde mindestens eine halbe Stunde zu spät sein.

„Einen schönen Aufenthalt", sagte der Zollbeamte noch und gab ihr den Pass zurück.

In der Gepäckausgabe schob das Laufband Lucilles Koffer mit träger Langsamkeit heran. Er war aus hellem Kalbsleder, mit vergoldeten Riemen und Schnallen. Der Koffer war ein altes Stück, sah aber aus wie neu.

Helen hatte ihn nach Lucilles Tod bei der Auflösung der Wohnung unter ihrem Kleiderschrank entdeckt. Ein wertvoller Fremdkörper in Lucilles Sachen. Nach alldem, was Helen wusste, war Lucille in ihrem ganzen Leben nie verreist. Hatte sie einmal eine Reise geplant, die dann aber aus Zeit- und Geldmangel oder einem anderen, vielleicht sogar tragischen Grund nie zustande gekommen war? Helen stellte sich vor, wie die noch jugendliche Lucille den Koffer in einem Schaufenster gesehen und ihn in einem seltenen Moment von Sorglosigkeit gekauft hatte, getrieben von der Sehnsucht, fortzukommen, irgendwo weit weg in der Ferne ein neues Leben anzufangen. Was immer es war, was Lucille dazu bewogen hatte, sich den Koffer anzuschaffen, es umgab ihn ein Rätsel. Doch Helen war sich sicher, Lucille hätte sich darüber gefreut, ihn in ihren Händen zu wissen. Erst sie verlieh ihm jetzt einen Sinn, wo er doch jahrzehntelang nutzlos herumgelegen hatte und verstaubte. Ihre Reise war die Erfüllung dessen, was Lucille zu Lebzeiten nur träumen durfte.

Helen drängte sich durch die wartende Menge nach vorn, hob den Koffer mit beiden Händen vom Laufband und eilte damit in Richtung Ausgang. Aber der Koffer war schwer, und da er sich nicht wie die neuen Koffer auf Rollen ziehen ließ, lief sie gebückt und kam nur mit einiger Mühe und außer Atem beim Taxistand an. Sie streckte dem Taxifahrer den Zettel mit der Adresse hin. Der Fahrer hob die Augenbrauen, schaute sie an und dann wieder die Adresse, als wollte er herausbekommen, wie das eine zum anderen gehörte.

„Sind Sie zum ersten Mal hier?“, fragte er, nachdem er den Koffer verstaut und den Motor gestartet hatte. Der misstrauisch-neugierige Ton in seiner Stimme war ihr unangenehm.

„Ja“, sagte sie und blickte verlegen aus dem Fenster, „ich bin zum ersten Mal hier, aber ich bleibe für ein paar Monate.“

Sie erreichten eine Schnellstraße, neben der ein großes Willkommensschild mit dem Wappen der Stadt aufragte, ein Greif mit heraushängender Zunge.

„Sie wohnen jedenfalls in der feinsten Gegend.“ Er sah sie durch den Rückspiegel prüfend an, aber Helen schwieg.

„Dort drüben ist das Stadtzentrum.“ Auf der linken Seite konnte Helen eng nebeneinanderstehende Wolkenkratzer sehen. Die Sonne spiegelte sich in den Glas- und Aluminiumfassaden der Skyline, gleißende Lichter, die in den blauen Himmel stachen.

Geblendet von der Helligkeit, hielt sie die Hand vor die Augen. „Eine wirklich moderne Stadt“, sagte der Taxifahrer nicht ohne Stolz und richtete sich etwas auf.

Sie hatten die erste Ausfahrt genommen und fuhren jetzt eine Landstraße entlang durch einen Wald. Hohe Eichenbäume hielten die Straße im

Schatten, Helen blickte sich fragend um, als der Taxifahrer kurzerhand in eine von Rhododendren gesäumte Einfahrt bog und dort vor einem gewaltigen schwarzen Tor anhielt. Sie hatte mit einer längeren Fahrt gerechnet, das sollte die feinste Gegend der Stadt sein? Mitten im Wald? Man konnte das Haus nicht einmal sehen. Das Tor und links und rechts davon eine hohe, mit Stacheldraht versehene Mauer verwehrten jeden Blick.

„Wo führt die Straße denn noch hin?“, fragte Helen den Taxifahrer, aber der lachte nur: „Ins Stadtzentrum; aber zu Fuß dauert es Stunden.“

Helen bezahlte ihn, und ohne noch etwas zu sagen, fuhr er mit aufheulendem Motor davon. Helen ging auf das Tor zu, stellte den Koffer ab und suchte nach dem Klingelknopf. Auf einem schwarzen Schildchen stand ein golden eingraviertes R.

Der Moment war gekommen, den sie so gefürchtet hatte, der Moment, in dem sie die Schwelle zu einer völlig fremden Welt übertreten würde.

Noch konnte sie umkehren. Sie ging noch einmal zur Straße zurück. Ein Lastwagen fuhr donnernd an ihr vorbei, ihm folgten mehrere Taxis in Richtung Flughafen. Stunden würde es dauern, zu Fuß ins Stadtzentrum zu kommen.

Wie oft hatten Gabriel und sie das Für und Wider abgewogen, und immer waren sie zum selben Schluss gekommen: Sie musste es machen. Das Angebot war zu überwältigend gewesen. Auch Lucille hätte es so gewollt.

„So ein Angebot auszuschlagen wäre ein Verbrechen", hätte sie gesagt. „So eine einmalige Chance nicht wahrzunehmen würde man ein Leben lang bereuen." Nein, es gab kein Zurück mehr für sie. Sie konnte nicht mehr umkehren.

„Denke daran, um wie viel sorgloser und freier unser Leben danach sein wird", so Gabriels letzte Worte, als sie sich an diesem Morgen auf dem Flughafen voneinander verabschiedeten. Sie hatte sich entschieden. Sie würde es tun. Für ihre und Gabriels Zukunft. Und für Lucille, die nie eine solche Chance bekommen hatte.

Es war, als stünden Gabriel und Lucille jetzt hinter ihr, während sie auf das große Tor zuging und ihre Hand zum Klingelknopf hob.

Das Tor öffnete sich lautlos, langsam schoben sich die mächtigen eisernen Flügel zur Seite. Helen ging ein paar Schritte über den Kiesweg der Einfahrt und blieb dann stehen, hielt den Koffergriff umklammert, wie um sich an ihm festzuhalten. Sie hielt den Atem an. In einiger Entfernung, am Ende der großzügigen Auffahrt, erhob sich vor ihr eine prachtvolle Villa. Der Tempelportikus mit seinen hohen Säulen, die großen, mit Giebeln versehenen Fenster, der imposante Treppenaufgang mit den schweren Terrakotta-Töpfen, in denen Oleander blühte, strahlten eine kalte klare Ordnung aus.

Auf der linken Seite, etwas abseits im Grün des Parks, bemerkte sie ein kleines Haus, dessen Fassade vollständig mit Efeu bedeckt war. Wie geduckt stand es dort im Schatten des Haupthauses. Mit einem leisen, metallenen Schnurren schloss sich hinter ihr das Tor, gleichzeitig öffnete sich vor ihr die hohe hölzerne Kassettentür der Villa. Ein grauhaariger älterer Mann in Livree kam ihr mit schnellen Schritten entgegen, nahm ihr ohne Umstände den Koffer ab. „Ich bin Joseph", sagte er mit einer leisen und angenehmen Stimme, „seien Sie herzlich willkommen." Sie folgte ihm zur Treppe, und da stand schon R. im Türrahmen und winkte ihr zu. Er schien noch kleiner, als sie ihn in Erinnerung hatte, was vielleicht an dem dunkelblauen Hausanzug oder Pyjama lag, der für seine schmale Statur viel zu groß wirkte. Das Oberteil hing auf der Seite aus der Hose heraus. Es war ihr sofort unangenehm, von R. in diesem Aufzug begrüßt zu werden, es war ihr zu privat, ja intim, er vermittelte ihr den Eindruck, entweder gerade erst aus dem Bett gekommen zu sein oder aber allein und ungestört den Tag vor dem Fernseher verbringen zu wollen, und dass ihre Ankunft in jedem Falle ungelegen kam.

Helen zögerte, sie wusste nicht recht, wie sie ihn begrüßen sollte, schließlich hatten sie sich erst einmal gesehen. Aber R. umarmte sie sogleich in locker-lässiger Manier, so, als ob sie alte Freunde wären und sich schon lange kennen würden.

„Wie wunderbar alles geklappt hat!", rief er zufrieden aus. Helen nickte und wollte Joseph und ihrem Koffer ins Haus folgen, doch R. hielt sie zurück.

„Nein. Warten Sie doch“, sagte er. „Bevor Joseph Sie in Ihr Zimmer bringt, möchte ich Ihnen erst etwas zeigen.“

Und kaum hatte er das gesagt, kniete er schon neben einer der Säulen nieder. Erst dachte Helen, er habe dort etwas verloren und sie solle ihm suchen helfen, aber dann wies er mit dem Finger auf den Sockel der Säule. Was auf den ersten Blick wie eine Delle aussah, waren in den Stein gemeißelte Initialen: R.S. Der Anblick eines älteren Mannes, wie er vor ihr in die Knie ging, war Helen in höchstem Maße peinlich, sofort wich sie einen Schritt zurück.

„Schau!“, sagte er und deutete mit dem Finger wieder auf die Initialen. „Schauen Sie!“, wiederholte er jetzt mit drängender Stimme, die Helen unvermittelt an eine Szene denken ließ, die sie wenige Tage zuvor in einem Park beobachtet hatte: Ein etwa dreijähriges Kind rief nach seiner Mutter, nachdem es im Sandkasten einen Hügel geformt hatte. Immer wieder hatte es mit quengelnder, hartnäckiger Stimme „Schau!“ gerufen; schließlich schrie es und zupfte die Mutter verzweifelt am Hosenbein, wurde erst still, nachdem die Mutter endlich den Kopf zu ihm gedreht und den Hügel aus Sand zustimmend und lobend betrachtet hatte. Dann erst war der Hügel vollendet. Helen starrte ratlos auf R. hinunter, auf seinen Mund, wie er das Wort „Schau!" formte. Er deutete immer wieder auf die Initialen, wie auf einen Beweis, ein Beweis für was? Und in diesem Moment, da Helen das dachte und ihren Gastgeber, ihren Auftraggeber, so auf den Knien sah, in einer so überaus lächerlichen Haltung, lief sie auf der Stelle rot an. Ein brennender Strom der Scham durchfuhr ihr Gesicht, und sie wusste nichts anderes zu tun, als ihm zuzunicken und ihm die Hand entgegenzustrecken, damit er wieder aufstehen konnte.

Als sie den Auftrag angenommen hatte, hatte sie sich nicht die geringste Vorstellung davon gemacht, wie es bei R. aussehen würde. Doch Gabriel hatte sie vorgewarnt. „Was auch immer ist, benimm dich so, als wäre es normal und selbstverständlich." Aber Helen war auf das Ausmaß eines solchen Reichtums, wie er sich hier vor ihren Augen eröffnete, nicht vorbereitet. Die Eingangshalle war eine gotische Kirche, in der man sich augenblicklich klein und nichtig vorkam. Ein riesiger Lüster aus geschliffenem Kristall hing von der Decke. Genau in der Mitte der Halle stand ein runder Tisch, darauf eine reich verzierte Vase, aus der der üppigste Blumenstrauß quoll, den sie in ihrem Leben je gesehen hatte. Er musste eben erst geliefert worden sein, die Blumen sahen so frisch aus, als wären sie gerade geschnitten worden. Sie blickte in das betäubende Arrangement aus Lilien und exotischen Blüten, deren Namen sie nicht kannte; am liebsten hätte sie den Kopf hineingesteckt, um daran zu riechen, aber der Strauß war zu hoch oben auf dem Tisch und für sie außer Reichweite. Sie merkte, wie R. lächelte; es schien ihn zu amüsieren, wie sie gebannt stehen geblieben war.

„Kommen Sie ruhig weiter", sagte er mit gebieterisch einladender Geste, „ich werde Ihnen eine Führung durch das Haus geben." Im Kaminzimmer stolperte sie, ihre Füße versanken in einem Teppich, der so tief und weich war wie ein Sumpf. Von den ausladenden, mit apricotfarbenem Chintz überzogenen Sofas aus konnte man durch die verschiebbare Glastür direkt in den Garten blicken. Die Tür zur Veranda war geöffnet; auf der Schwelle blieb sie stehen. Vor ihr breitete sich eine parkähnliche Anlage aus, der gestutzte Rasen war von alten Bäumen gesäumt, die die Mauer dahinter verdeckten. Eine Markise hielt die Veranda im Schatten, und erst jetzt bemerkte Helen die weiße Katze, die dort zusammengerollt auf einem der Korbstühle lag.

„Tiara!", rief R. Die Katze spitzte ihre Ohren, hob träge den Kopf und blickte die Ankömmlinge mit großen, gleichgültigen Augen an, als wären sie es nicht wert, dass sie sich auch nur einen Millimeter von der Stelle rührte, senkte dann den Kopf wieder und döste weiter. Helen hegte augenblicklich eine Abneigung gegen die Katze, wie sie es noch nie zuvor bei einem Tier empfunden hatte. Sie erkannte sofort, wie unausstehlich verwöhnt die Katze war.

Vor den hohen Tannen- und Eichenbäumen, die eine dunkle Wand um den Rasen bildeten, erhob sich ein Pavillon aus Glas.

„Dort befindet sich der Pool“, sagte R. „Der Pavillon ist immer geöffnet, Sie können den Pool benutzen, wann immer Sie möchten“, fügte er großzügig hinzu.

Helen nickte wie abwesend und wollte in das Zimmer gehen, in dem sie durch die geöffnete Tür Bücherregale sehen konnte, die bis unter die Decke reichten, aber R. hielt sie zurück. „Ach, hier ist nur die Bibliothek“, sagte er, wie gelangweilt über die Tatsache, eine große Bibliothek zu besitzen. Stattdessen führte er sie in das Speisezimmer. Es war mit einer dunkelrot gestreiften Tapete ausgekleidet. Aufwendig verzierte Leuchten aus Gold hingen an der Wand, und Helen bemühte sich, nicht überwältigt zu wirken, und gab nur hin und wieder ein staunendes „Ohh“ von sich, woraufhin R. bestätigend nickte.

Der Esstisch war lang genug, um zwanzig Menschen Platz zu bieten. „Mahagoni und Rosenholz“, sagte R. und klopfte auf den Tisch, um die Qualität des Holzes zu beweisen.

Die Gästezimmer waren unterschiedlich eingerichtet, es gab ein afrikanisches Zimmer mit Buschtrommeln als Nachttischchen, ein chinesisches Zimmer mit Kalligraphien an den Wänden und kostbaren Seidenteppichen. Alle waren perfekt hergerichtet und bereit für Gäste.

Ein geschwungener, mit mächtigen Balustraden versehener Treppenaufgang führte in das obere Stockwerk. Er erinnerte sie an den Treppenaufgang eines Schlosses, das sie einmal zusammen mit Lucille und Gabriel besucht hatte, in dem man durch die originalgetreu erhaltenen Räume einer Königsfamilie spazieren konnte, Möbel, Geschirr, ja selbst die königlichen Kleider wurden präsentiert, und R.s Villa mit ihrem aufwendigen Dekor und den sorgfältig arrangierten Einrichtungsgegenständen erinnerte sie jetzt an dieses Schloss – mit dem Unterschied allerdings, dass hier tatsächlich jemand lebte.

Die Führung schien kein Ende zu nehmen. Sie kamen durch ein hellgrünes Frühstückszimmer. Auch hier wertvolle Möbel aus Edelhölzern, und R. erklärte ihr, alles sei nach Maß und seinen Angaben angefertigt. In alle Möbel waren seine Initialen eingeritzt.

„Ich zeige Ihnen jetzt etwas Besonderes", sagte er. Das Schlafzimmer, das sie betraten, war ganz in Dunkelblau gehalten. Über dem Bett hing ein Baldachin, wie sie ihn einmal in einem Film über einen Kaiser gesehen hatte. Die dunklen Brokatvorhänge, gerafft von goldenen Kordeln, hingen schwer auf den Boden.

Im Badezimmer, das vollständig mit Marmor ausgekleidet war, gab es eine runde Wanne, in der mehrere Menschen Platz gehabt hätten. In der Decke darüber war ein rundes Fenster eingelassen, sodass man, wenn man in der Wanne lag, direkt in den Himmel sehen konnte.

Helen schwankte zwischen Staunen und Belustigung, aber mehr noch als über die schweren Möbel und Stoffe wunderte sie sich über die Bilder, die überall hingen und so gar nicht zu der Einrichtung passten. Alle waren in bleigrauen Farben gemalt. Eines zeigte eine liegende Frau, bei der man nicht wusste, ob sie schlief oder tot war. Ein anderes einen Hirsch vor einem grauen Himmel. Auf den meisten aber waren graue Bäume in grauen Landschaften. Sie fragte sich, wie die pompöse Einrichtung und die Kunst zusammenpassten, wie R. diese düsteren, monotonen Bilder in dieser Umgebung ertragen konnte. Sie kamen an einer geschlossenen Tür vorbei. „Die Räume meiner Frau", sagte er beiläufig. „Sie lebt schon lange nicht mehr hier." Helen nickte, wagte aber nicht, weiterzufragen.

„Und hier ist Ihr Reich", sagte er schließlich und öffnete am Ende des Flurs die Tür zum Atelier.

„Ich habe es eigens für Sie einrichten lassen!"

„Das ist ja perfekt!", platzte es aus ihr heraus. Sie war überrascht. Der Raum stand in der Tat in keinem Vergleich zu dem winzigen Mansardenzimmer, in dem sie zu Hause arbeitete. Es war offenbar auch der einzige Raum in der Villa, der nicht von schweren dunklen Stoffen erstickt wurde. Im Gegenteil: Helles Tageslicht flutete durch die großen

Fenster auf den glänzenden Parkettboden. Auf einer Ablage neben der Staffelei lagen Tube neben Tube fein säuberlich angeordnet, Ölfarben in der gesamten Farbpalette und Rosshaarpinsel von bester Qualität. Eine Staffelei stand bereit, und Leinwände in verschiedenen Größen lehnten an der Wand.

„Sie wählen", sagte R. und wies auf die Leinwände. „Sie machen das Portrait genau so, wie Sie möchten. Sie sind die Künstlerin!", sagte er mit Nachdruck und stampfte dabei auf den Boden. Etwas Ungeduldiges, etwas Trotziges lag in dieser Geste. Sie trat einen Schritt zurück und schaute ihn an. Er würde keine Zeit verlieren.

„Können wir morgen früh anfangen?"

„Selbstverständlich", antwortete sie. „Sobald Sie es wünschen."

Das Nebenhaus, in dem sie untergebracht war, war klein und dunkel. Joseph bestand darauf, ihr den Koffer bis vor die Wohnung zu tragen. „Hier unten wohnen die beiden Zimmermädchen", sagte er und wies auf eine Tür im Erdgeschoss: „Sie werden auch einmal in der Woche bei Ihnen putzen." Helen wäre es lieber gewesen, wenn sie nicht kämen. Eine steinerne Treppe führte zu ihrer Wohnung. Joseph blieb vor der Tür stehen. „Ich hoffe, Sie haben einen angenehmen Aufenthalt", sagte er förmlich. „Und wenn Ihnen etwas fehlen sollte, dann lassen Sie es mich nur wissen." Ein kaum merkliches Lächeln huschte über seine Lippen, bevor er auf dem Absatz kehrtmachte und ging.

Helen öffnete die Tür und trat direkt ins Wohnzimmer. Das Erste, was sie bemerkte, war die abgestandene Luft; es war hier wohl schon lange nicht mehr gelüftet worden. Sie ging gleich zum Fenster, von dem aus man direkt auf die Villa sah. Ein Kippfenster, das sich jedoch nur einen Spalt breit öffnen ließ. Sie sah sich um. Hier würde sie also die nächsten drei Monate verbringen müssen. So lang ging ihr Vertrag. In dem Zimmer gab es nichts außer einem Tisch und einem Stuhl. An der grob verputzten Wand hing ein einziges Bild: die fotorealistische Darstellung einer brennenden Kerze. Das Gemälde dominierte den Raum und schien ihn bis in den letzten Winkel auszufüllen. Helen betrachtete es aufmerksam. Obwohl sie sofort erkannte, dass das Bild von einem zeitgenössischen Maler stammen musste, erinnerte es sie an ein niederländisches Stillleben aus dem siebzehnten Jahrhundert. Es hatte die düster-melancholische Ausstrahlung der Vanitas-Malerei. Helen trat näher an das Bild heran. Das Kerzenwachs schimmerte transparent. Die Flamme brannte vor einem schwarzen Hintergrund, war umgeben von einem gelben Lichthof, der nach außen schwächer wurde und schließlich in völlige Dunkelheit überging. Die Flamme der Kerze war blendend hell, oszillierend und von einer Intensität, als ob sie tatsächlich brannte. So lebensecht war die Darstellung, so fein und präzise die farbliche Abstufung, dass Helen glaubte, das schmelzende Wachs riechen zu können. Sie berührte die Kerze an der Grenze, wo das Wachs nicht mehr hart war, aber noch nicht weich genug, um zu schmelzen, und fast wunderte sie sich, dass ihr Finger dort nicht einsank und einen Abdruck hinterließ, sondern nur die kalte, trockene Leinwand berührte. Die technische Perfektion war außergewöhnlich, und Helen kam nicht umhin, den unbekannten Künstler für sein Können zu bewundern. Und doch, je länger sie das Bild betrachtete, ging von ihm eine seltsame Kälte aus, die Helen abstieß und gar ängstigte. Es war, als würde durch das Bild nicht nur die Temperatur im Raum um einige Grad gesenkt, sondern als verschlucke es auch das Tageslicht.

Helen überlegte, das Bild umzudrehen, aber es war zu schwer, und sie befürchtete auch, es beim Abhängen zu beschädigen. Sie versuchte, nicht mehr hinzuschauen, aber selbst wenn sie es ignorierte, war ihr, als befände sich jemand in ihrer Nähe, den sie nicht ertragen konnte.

Von ihrem Wohnzimmer aus führte ein kleiner Gang in eine schmale, karg eingerichtete Küche, an deren Ende sich eine Wendeltreppe zum Dachgeschoss emporwand. Unter der Treppe war eine kleine Duschkabine eingebaut. Sie öffnete die Kabine, die so winzig war, dass sie sich darin kaum umdrehen konnte. Aber sie war neu und sauber. Helen vermutete, dass sie eben erst installiert worden war. Ein Badezimmer fand sie nicht. Sie stieg die Wendeltreppe zum Dach hoch. Eine einfache Matratze auf dem Boden, daneben ein Stapel Bettzeug, das war alles, was sie dort vorfand. Auch wenn sie nichts Außergewöhnliches erwartet und keine großen Ansprüche hatte, war sie über die lieblose, geradezu kalte und unbequeme Einrichtung ihrer Unterkunft doch etwas überrascht. Der Unterschied zwischen den opulenten Gästezimmern in der Villa und ihrer völlig schmucklosen Wohnung hätte nicht größer sein können. Außerdem gab es weder einen Fernseher oder Radio noch ein Telefon. Sie würde also immer ihr Mobiltelefon benutzen müssen, und sie beschloss, ihre Kleider gleich im Koffer zu lassen; es gab ohnehin keinen Schrank, in dem sie sie hätte aufhängen können.

Die Nachmittagsstunden des ersten Tages verbrachte Helen damit, das Grundstück auszukundschaften. Hinter dem Bedienstetenhaus gab es einen Seitenausgang, der vermutlich von Joseph und den Zimmermädchen benutzt wurde. Ein hohes, schmiedeeisernes Tor, das mit Stacheldraht versehen war. Es war unmöglich, darüberzuklettern. Zu ihrer Überraschung war das Tor jedoch geöffnet. Es führte auf die Straße, und die bloße Tatsache, dass sie jederzeit die Möglichkeit haben würde, das Gelände zu verlassen, beruhigte sie. Sie lief rechts an dem gewaltigen Bau des Haupthauses vorbei und gelangte zur Gartenseite der Villa. Unterwegs entdeckte sie eine asphaltierte Abfahrt, die zu einer Tiefgarage führte. Sie fragte sich, wie viele Autos dort unten wohl geparkt waren. Jemand, der lebte wie R., würde bestimmt mehrere haben. Sie kam zur Veranda, aber die Markisen waren jetzt aufgerollt, die Schiebetür geschlossen. Die Katze war verschwunden.

Durch die Glasfront konnte sie nach innen sehen. Aber es war dunkel und still, obwohl die Villa bewohnt war, machte sie einen verlassenen, geradezu geisterhaften Eindruck. Sie folgte den Granitplatten, die eine direkte Verbindungslinie über den frisch gemähten Rasen zum Pavillon bildeten. Hatte R. nicht gesagt, sie dürfe den Pool benutzen, wann immer sie wolle? Die Tür aber war fest verschlossen. Neugierig drückte sie ihr Gesicht gegen die Scheibe. Das Schwimmbecken war aus dunklem Granit und nahm fast die gesamte Innenfläche des Pavillons ein. An seinem Ende standen links und rechts zwei Statuen; griechische Göttinnen, die mit ihren blinden Steinaugen direkt in ihre Richtung starrten. An den Wänden hingen gerahmte Zeichnungen, aber sie konnte nicht erkennen, was darauf dargestellt war. Sie schaute zurück zur Villa; irgendwo da drin war R., vielleicht beobachtete er sie gerade in diesem Moment, wie sie auf seinem Grundstück herumspionierte. Der Gedanke, beobachtet zu werden, war ihr äußerst unangenehm, sie ging, um aus seinem Blickfeld zu kommen, zur Rückseite des Pavillons. Hier war der Garten, in schroffem Gegensatz zu dem, was man von der Veranda aus sehen konnte, nicht im Geringsten gepflegt. Das Gras war kniehoch, und Unkraut, Brombeer- und Holunderbüsche wuchsen wild ineinander und bildeten ein dorniges Gestrüpp, durch das man nicht weiterkam. Zwischen den Bäumen und Büschen versteckt fand Helen noch mehr Statuen. Die späte Nachmittagssonne schien durch die Wipfel und warf ein orangefarben flirrendes Licht auf die Steinfiguren, die wie seit Jahrhunderten reglos in ihrer Position verharrten. Viele waren von Moos und Unkraut überwachsen. Helen stieß vor Schreck beinahe einen Schrei aus, als sie auf den abgefallenen Kopf einer Statue trat. Sie beugte sich nieder und hob ihn auf. Die linke Seite des Kopfes war weggebrochen. Anstelle der Wange und des Auges klaffte ein Loch. Hunderte von Ameisen krochen daraus hervor und zogen eine schwarze Linie quer über das Gesicht. Sie legte den Kopf zu den Gipsscherben ins Gras zurück. Der Kopf musste mit Gewalt von der Figur abgeschlagen worden sein, dachte sie und blickte nachdenklich auf die geköpfte Statue neben der Eiche, die von Moos überwachsen war.

Plötzlich überkam Helen das beklemmende Gefühl, eine Grenze überschritten zu haben; sie fürchtete, sich hier auf verbotenem Terrain zu befinden. Schnell ging sie in das Bedienstetenhaus zurück.

In der Wohnung war es empfindlich kühl. Helen drehte sofort überall die Heizungen an, aber eine halbe Stunde später, als sie die Hand auf die Heizkörper legte, waren sie noch immer kalt. Es war Hochsommer, trotzdem musste sie einen Pullover anziehen, um nicht zu frieren. In der Küche suchte sie etwas zu essen. Joseph hatte ihr ein paar Sachen in den Kühlschrank gestellt und sie gebeten, ihm eine Liste von den Dingen zu geben, die sie brauche. Er würde ihr alles besorgen. Wie auch anders? Sie hatte sich schließlich vertraglich verpflichtet, das Grundstück während der nächsten drei Monate nicht zu verlassen, jeden Tag zu arbeiten, auch an den Wochenenden, und das Portrait innerhalb dieser Frist fertigzustellen.

Erst war ihr der Wunsch R.s seltsam vorgekommen, sein Anwesen während der Zeit, in der sie an dem Portrait arbeitete, nicht verlassen zu dürfen. Aber in seinem Brief stand, dies sei nötig, damit sie sich nur auf das Wesentliche konzentriere. Wenn sie jetzt darüber nachdachte, wäre es sowieso schwierig gewesen, von hier aus in die Stadt zu kommen – und was hätte sie dort allein gemacht? Sie kannte ja niemanden. Die nächsten Monate würde sie hier eingesperrt bleiben. Durch diesen Gedanken aufgeschreckt, griff sie panisch nach ihrem Mobiltelefon, ihrem einzigen Kontakt zur Außenwelt.

Sie war sofort erleichtert, Gabriels vertraute Stimme zu hören. Obwohl sie versprochen hatte, ihm alles genau zu schildern, erwähnte sie mit keinem Wort ihre trostlose Unterkunft. Er würde sich nur beunruhigen. Sie verschwieg ihm auch die bizarre Versammlung der Statuen in dem verwilderten Teil des Parks hinter dem Pavillon und den abgeschlagenen Kopf im Gras. Dafür beschrieb sie ihm jedes Detail der prunkvollen Villa.

„Geld und Geschmack gehen eben oft nicht zusammen“, sagte Gabriel nur und lachte.

Anstatt von der ärmlichen Unterkunft und dem Kerzenbild zu reden, erzählte sie ihm von dem Atelier.

„Er hat ein Atelier nur für dich einrichten lassen?“, Gabriel war überrascht.

Während sie redeten, brach draußen langsam die Dämmerung herein. Sie sah, wie ein Licht nach dem anderen in der Villa an- und gleich darauf wieder ausging. Was machte R.? Lief er herum? Kontrollierte er die Zimmer? Kaum hatte sie das Gespräch beendet, überfiel sie wieder die Leere der Wohnung.

In der kleinen Küche bereitete sie mit unsicheren, flattrigen Bewegungen das Abendessen zu; dabei fiel ein Teller mit lautem Klirren zu Boden. Hastig und mit vor Angst klopfendem Herzen wischte sie die Scherben zusammen. Es war nur ein billiger Teller, den sie auch leicht ersetzen konnte, doch tief steckte in ihr die Furcht, etwas Wertvolles zertrümmert zu haben, inständig wünschte sie, niemand würde es bemerken. Beschämt warf sie die Scherben in den Abfall.

Im Wohnzimmer brannte nur ein einziges Licht, das ausgerechnet direkt über dem Bild angebracht war und nun das Kerzengemälde beschien. Es war jetzt noch stärker präsent als am Tage, schälte sich drohend aus dem Dunkel, und die Flamme, jetzt noch heller, verströmte ihr irritierendes kaltes Licht. Während Helen im Halbdunkel am Tisch saß und aß, machte sie auf der ersten Seite in ihrem Skizzenbuch, welches Gabriel ihr mitgegeben hatte, um Ideen für Bilder festzuhalten, einen ersten Strich. Die erste Seite würde sie dazu nutzen, die ablaufende Zeit zu markieren. In den nächsten Wochen und Monaten würde sich die Seite füllen. Genau zweiundneunzig Striche würden es zuletzt sein, und sie kam sich dabei vor wie ein Häftling, der die Tage zählt, die er noch absitzen muss.

Die ersten Tage vergingen zu ihrer Erleichterung schneller, als Helen erwartet hatte. Wenn sie am Morgen pünktlich um halb zehn ins Atelier kam, wartete R. bereits auf sie. Erwartungsvoll setzte er sich auf den Stuhl und verfolgte neugierig jede ihrer Bewegungen. Bevor sie auf die Leinwand malte, machte sie immer erst Skizzen. Die Skizzen waren ein Halt und halfen ihr, sich nicht zu verlieren. Schon am ersten Tag hatte sie entschieden, R. Kopf an Kopf mit einem Affen zu malen. Mit schnellen, sicheren Strichen umriss sie sein Gesicht. Sie maß die Abstände, indem sie den Bleistift vor sich hielt und die Augen abwechselnd zukniff. Es entging ihr nichts, keine Falte, kein Muttermal, keine Unebenheit der Haut; jedem Detail widmete sie die gleiche Aufmerksamkeit.

Erst wenn sie mit der Skizze zufrieden wäre, würde sie eine Leinwand und die Farben bestimmen. Sie plante ihre Bilder mit der Präzision, mit der ein Chirurg eine komplizierte Operation vorbereitet. Die weiße Leinwand auf der Staffelei war für sie ein im Tiefschlaf der Narkose liegender Körper, den sie allmählich, Strich für Strich, zum Leben erweckte, und die Operationsinstrumente waren ihre Pinsel, die sie nach der Arbeit sorgfältig ausspülte und in einer ordentlichen Reihe bereitlegte für den nächsten Tag. Sie malte in voller Konzentration. Auch in der Kunstschule hatte sie nach lebenden Modellen gemalt, nur verharrten die reglos in ihrer Position, was man von R. nicht behaupten konnte. Andauernd redete er auf sie ein und vergaß dabei, stillzusitzen; er bewegte Kopf, Arme und Beine und fuhr sich dauernd mit der Hand durchs Haar. Doch schon die geringste Bewegung führte zu einer Abweichung in der Linienführung. Mehrmals verwarf sie eine Skizze und begann mit einer neuen.

„Vielleicht würde es helfen, wenn Sie für eine Weile nicht redeten“, sagte sie freundlich, aber bestimmt. Daraufhin hielt er für ein Moment still. Aber schon wenige Minuten später fing er wieder zu reden an, gab seine Ansichten und Meinungen über Kunst von sich, wobei er sich auch noch wiederholte.

„Wirkliche Kunst ist heute so rar geworden. Es ist ungeheuerlich, was heutzutage alles ausgestellt wird. Sie glauben ja gar nicht, wie wenig Außergewöhnliches und wie viel Schrott ich schon gesehen habe!"

Helen horchte auf, überrascht über den aggressiven Ton in seiner Stimme. Wenn R. von „Schrott" redete, klang es nie wie ein Eingeständnis seines subjektiven Geschmacks, sondern er schien einer höheren Instanz zu gehorchen, die unantastbar war oder geradezu heilig. Die wirkliche Kunst, was das war, das konnte sie aus seiner Rede nicht heraushören.

Sie gab es schließlich auf, ihn zum Schweigen zu ermahnen. Stattdessen entwickelte sie eine Technik, ihm nicht mehr zuzuhören, dem Sinn seiner Worte nicht zu folgen und seine Stimme wie ein unvermeidliches Hintergrundgeräusch einfach hinzunehmen. Nur einmal unterbrach sie ihn in seinem Redeschwall und fragte, von wem denn das Kerzenbild in ihrer Gästewohnung sei. Das Bild befremdete sie zunehmend, vielleicht konnte sie ihn ja irgendwie dazu bringen, es wegzunehmen, es woanders aufzuhängen, wo sie es nicht mehr ansehen musste.

R. machte eine lange Pause und sah sie an, erschrocken über die Frage. Er atmete tief ein, bevor er antwortete. „Pablo Fernandez. Ein großes Talent!" Er schrie es fast. „Ich war sein größter Sammler!" Helen hatte den Namen zwar schon einmal gehört, konnte ihn aber nicht einordnen.

„Bedauerlicherweise hat er sich schon im Alter von neunundzwanzig das Leben genommen. Was für eine große Karriere hat der Mann vor sich gehabt!“

Helen hielt inne und legte den Pinsel weg.

„Kannten Sie ihn gut?“, fragte sie interessiert.

„Natürlich, und ich habe ihn mit allen in meiner Macht liegenden Möglichkeiten unterstützt“, erklärte er und schüttelte den Kopf, „aber es hat nichts genutzt. Das Kerzenbild“, fügte er hinzu, „war übrigens das letzte Bild, das er vor seinem Tod gemalt hat. Ich kann es nicht ertragen, kann es nicht anschauen oder in meiner Nähe haben. Und doch muss es bei mir sein. Deshalb ließ ich es ins andere Haus hängen. Es ist vielleicht sein wichtigstes Bild überhaupt.“

An diesem Abend betrachtete Helen das Kerzenbild mit neuen Augen. Sie suchte darin die Verzweiflung des Selbstmörders. Da war diese fast schmerzhafte Helligkeit im Innern der Flamme, aber wiederum war es die Kälte, die von dem Licht ausging, und die völlige technische Perfektion, die sie zutiefst irritierten. Sie rief Gabriel an und erzählte ihm, was sie erfahren hatte. Noch während sie sprachen, recherchierte er im Internet und konnte tatsächlich unter dem Namen Pablo Fernandez Eintragungen finden. Kurze Zeitungsartikel, die vom tragischen Selbstmord eines jungen, in bestimmten Kreisen bereits sehr berühmten Künstlers berichteten. Er war von einem Nachbarn in seinem Atelier aufgefunden worden, mit einer Schusswunde im Kopf. Bei der Autopsie stellte man fest, dass er völlig unterernährt, ja fast verhungert war, er musste schon mehrere Wochen vor seinem Tod keine Nahrung mehr zu sich genommen haben. In einem der Artikel wurde R. erwähnt. In einem anderen wurde von einem unbekannten Mäzen berichtet, mit dem der Künstler bis zu seinem Tod in engem Kontakt gestanden haben soll. „Du hättest hören sollen, mit welcher Begeisterung R. von ihm sprach“, sagte Helen. Das Kerzenbild erwähnte sie jedoch noch immer nicht. Sie blickte es nur an, während sie mit Gabriel sprach, abgestoßen und fasziniert zugleich, wie etwas, vor dem sie sich in Zukunft würde in Acht nehmen müssen.

II

Die Welt war rot. Helen tauchte ihre Hand in den Farbtopf. Die Farbe fühlte sich warm und weich an. In großen, dicken Tropfen fiel sie von ihren Fingerspitzen. Sie spreizte die Finger und drückte die Handfläche aufs Papier. Ihre Handballen hinterließen rote Inseln auf dem Weiß und die einzelnen Glieder ihrer Finger schmale Landstriche. Sie verteilte die Farbe über das ganze Blatt, so lange, bis es keine weiße Stelle mehr gab.

„Was machst du?", schrie plötzlich eine weibliche Stimme, ein schriller Piccolo-Ton, der sie erstarren ließ.

„Was machst du wieder für eine Schweinerei. Helen!" Sie bekam einen kurzen, harten Schlag auf den Hinterkopf und wurde weggezogen. Die anderen Kinder um sie herum hatten die Hemdsärmel ordentlich hochgekrempelt und ihre Hände in der richtigen Reihe auf das Papier gedrückt. „Sieh hin, so geht das", sagte die Piccolo-Stimme. „Und du, Helen, darfst nicht mehr malen. Geh sofort raus und wasch dir die Hände!"

Aber am nächsten Nachmittag, während Gabriel im Klavierunterricht und Tante Lucille bei der Arbeit war, breitete sie in der Mitte ihres Zimmers eine Papierrolle auf dem Boden aus. Sie holte die Wasserfarben, die ihr Lucille zu Weihnachten geschenkt hatte, und schloss die Tür ab. Sie malte den Himmel. Blau, grün und gelb. Die Erde war rot, purpurfarben und rund. Sie saß auf den Knien und streckte den Oberkörper über das Papier. Die Farben bahnten sich ihren Weg; sie leuchteten und schienen miteinander im Kampf zu sein, drängten einander weg, und stets wurden die hellen von den dunklen Farben geschluckt. Helen versuchte, mit ihren Fingern den Weg der Farben zu kontrollieren. Sie rettete die hellen Farben vor dem schwarzen Strom, der über das Papier lief und alles zuzudecken drohte. Mit der Faust hämmerte sie auf das Schwarz ein, es gab Löcher und Risse im Papier, doch diese waren Teil des Bildes, und ein Loch konnte ein Mund sein, ein Auge oder der Mond.

Versunken betrachtete sie das Bild. Dort, wo die Farbe trocknete, wellte sich das Papier.

Der kleine helle Schrei, den Tante Lucille ausstieß, als sie die Tür öffnete, kam wie aus weiter Ferne. Es dauerte eine Weile, bis Helen reagierte und den Kopf drehte. Ihre Kleider und das ganze Gesicht waren mit Farbe beschmiert. Lucille stand im Türrahmen und starrte sie entgeistert an. Aber sie war nicht böse. Lucille war nie böse. Nur ihre Augen waren geweitet, wie aus Furcht. Sie setzte sich neben Helen auf den Boden. Eine Weile schaute sie das Bild an, ohne etwas zu sagen.

„Wie heißt das Bild denn?“, fragte sie schließlich.

„Feuerdämon und Wolkenkrieger nach einer Schlacht.“

Tante Lucilles Augen weiteten sich noch etwas mehr. Sie holte einen Stift und schrieb Datum und Titel sorgfältig auf die Rückseite des Bildes. Helen war stolz. „Ich möchte noch viel malen!“, sagte sie aufgeregt.

„Du wirst bestimmt auch noch viel malen“, erwiderte Lucille und legte ihr den Arm um die Schulter.

Wenige Tage später saß sie neben Lucille in einem Wartezimmer. Es erinnerte Helen an das Wartezimmer des Arztes, zu dem sie mit Gabriel gehen musste, wenn sie Impfungen bekamen.

„Was machen wir beim Arzt?“, wollte Helen wissen. Auf Lucilles Knien lag die Bilderrolle.

„Die Frau möchte sich deine Bilder anschauen und mit dir reden“, sagte Tante Lucille. „Du brauchst keine Angst zu haben.“

Aber Helen hatte gar keine Angst, sondern freute sich darüber, dass Tante Lucille ihre Bilder herumtrug und anderen zeigte.

Frau Dr. Fürst lächelte. Sie hatte kurzes strohfarbenes Haar, ein breites Gesicht und eine Brille, die ihre Augen vergrößerte. Sie nahm die Rolle entgegen. „Sie können Helen in einer Stunde wieder abholen“, sagte sie zu Tante Lucille, zog Helen zu sich und schloss die Tür.

Zu Helens Enttäuschung legte Frau Dr. Fürst die Bilderrolle jedoch, ohne einen Blick darauf zu werfen, auf einen Schreibtisch und führte sie gleich in ein anderes Zimmer. Es war ein Zimmer, wie Helen es sich für sich selbst gewünscht hätte.

Es gab einen Tisch mit Knetmasse, eine Schiefertafel mit farbigen Kreiden, ein Stoffzelt, in das man hineinkriechen konnte, und mitten im Raum ein großes Puppenhaus.

„Du kannst spielen, was du willst", meinte Frau Dr. Fürst und setzte sich auf den Stuhl in die Ecke; sie zog einen Notizblock aus der Tasche, schlug ihre Beine übereinander und zückte ihren Kugelschreiber.

Die Tür des Puppenhauses war mit einem hölzernen Riegel verschlossen. Helen zögerte, aber Frau Dr. Fürst nickte ihr ermutigend zu. Sie setzte sich vor das Haus, schob den Riegel zur Seite und öffnete die Tür. Sie sah vier Zimmer mit kleinen Möbeln aus Holz. Betten, Tische und Stühle. In der Küche saß eine Familie, Vater, Mutter und zwei Kinder – Holzpuppen, deren Arme und Beine man bewegen konnte, auf dem Tisch standen winzige Teller, die so groß waren wie der Nagel ihres kleinen Fingers.

„Es gibt hier zu viele Sachen", sagte Helen und räumte kurzerhand die gesamte Einrichtung weg.

„Sie sind arm", fügte Helen hinzu. „Sie haben keine Betten. Sie müssen auf dem Boden schlafen. Genau so", sagte sie zu Frau Dr. Fürst gewandt, die interessiert zuschaute, und legte die vier Holzpuppen nebeneinander auf den Boden.

„Ist ihnen denn nicht kalt?“, fragte Frau Dr. Fürst. Ihr Kopf ruckte dabei etwas, als wollte sie besser in das Puppenhaus sehen können.

„Nein. Sie sind die Kälte gewohnt“, antwortete Helen, verärgert über die dumme Frage.

Von diesem Tag an ging Helen jede Woche zu Frau Dr. Fürst. Jedes Mal räumte Helen zuerst einmal die Möbel aus dem Puppenhaus.

Sie setzte die vier Holzpuppen in einen Leiterwagen und fuhr sie durchs Zimmer. „Die Familie macht einen Ausflug“, sagte sie.

Frau Dr. Fürst saß mit ihrem Notizblock auf den Knien auf einem Stuhl in der Ecke und schrieb eifrig. Manchmal hielt sie inne, und Helen hörte, wie sie im Sekundentakt auf ihren Kugelschreiber drückte. „Klick“, „Klick“, machte es.

Helen kümmerte sich aber nicht um sie. Frau Dr. Fürst war ein Teil der Einrichtung und erinnerte sie an eine ausgestopfte Eule, die sie einmal im Naturhistorischen Museum gesehen hatte.

„Sie sehen aus wie ein Vogel“, sagte sie zu ihr am Ende der Stunde. Sie nickte und schien zufrieden. „Ich sehe dich dann nächste Woche wieder, Helen. Auf Wiedersehen“, sagte sie mit ihrer warmen, ockerfarbenen Stimme.

In der folgenden Woche setzte Helen die Familie wieder in den Leiterwagen und fuhr ihn mit großer Geschwindigkeit durchs Zimmer. Sie machte dabei das laute Sirenengeheul eines Krankenwagens und schleuderte das Spielzeug schließlich gegen die Wand. Der Leiterwagen kippte und begrub die vier Holzpuppen unter sich.

Frau Dr. Fürst sprang von ihrem Stuhl auf. Helen schrie: „Sie sterben! Sie sterben!“

Ihre Stimme war laut und durchdringend. Frau Dr. Fürsts Augendeckel klappten auf wie die einer Puppe, wenn man ihren Kopf nach vorne biegt.

„Sind alle tot?“, fragte sie, und Helen freute sich über ihren erschrockenen Gesichtsausdruck.

„Nein, die Kinder leben noch“, sagte Helen, als ob sie dies eben gerade entschieden hätte, und zog die zwei Holzpuppen unter dem umgestürzten Wagen hervor, setzte sie wieder hinein und fuhr mit ihnen zum Haus zurück. „Sie leben jetzt allein.“

Tante Lucille stand jeden Tag um fünf Uhr am Morgen auf. Sie arbeitete in einem Kiosk neben einer Tankstelle außerhalb der Stadt. Mit dem Zug brauchte sie über eine Stunde zu ihrem Arbeitsplatz. Das Geld, das sie verdiente, reichte gerade, um die Miete der kleinen Dreizimmerwohnung zu bezahlen. Zum Leben blieb ihnen nur noch die Waisenrente.

Sie klagte über die niedrigen Decken, die ihr Kopfschmerzen verursachten.

„Wir wohnen im hässlichsten Haus der Straße, aber wir können froh sein, nicht dort drüben zu wohnen", sagte sie zu den Kindern und zeigte aus dem Fenster, wo man in der Ferne zwanzigstöckige Wohnblocks sehen konnte. Es gab pro Tag warmes Wasser für eine volle Badewanne. Lucille badete zuerst, dann kam entweder Helen oder Gabriel an die Reihe. Der Letzte hatte am Rand der Wanne eine schwarze Linie aus Schmutz und Fett.

In der schmalen Küche bereitete Lucille, bevor sie früh das Haus verließ, das Frühstück für Helen und Gabriel zu; sie stellte die Milch auf den Tisch und schüttete Haferflocken in die Schalen. Sie strich zwei Brote, die sie in Zellophan wickelte. Das würde ihr Mittagessen sein, wenn sie von der Schule nach Hause kamen. Manchmal hinterließ sie auch eine kleine Notiz: „Im Kühlschrank ist noch ein Nussjoghurt, das könnt ihr euch teilen." – „Passt auf der Straße auf!" – Oder: „Schlüssel nicht vergessen!"

Helen und Gabriel hatten beide einen eigenen Wohnungsschlüssel, den sie an einer Schnur um den Hals trugen.

Die Schule war nur fünfzehn Minuten von der Wohnung entfernt. Nach dem Unterricht wartete Gabriel neben dem großen eisernen Tor auf Helen. „Mach schon", rief er ungeduldig, wenn er seine Schwester die Treppe herunterkommen sah. Gabriel ging schnell und mit ernstem Gesicht, als müsse er sich auf jeden Schritt konzentrieren. Wenn sie an die große Kreuzung kamen, nahm er

Helen an die Hand, und manchmal hielt er sie fest, bis sie zu Hause waren.

Meistens war es schon dunkel, bis Tante Lucille nach Hause kam. Sie hörten es, wenn sie aus dem Lift kam, sofort erkannten sie den Klang und den Rhythmus ihrer Schritte und rannten los, ihr die Tür zu öffnen. Als sie noch kleiner waren, hatten sie geglaubt, Lucille arbeite in einem Schloss, in dem selbst die Wände aus Zucker waren. Denn am Abend kam sie wie aus einem fernen exotischen Land zu ihnen zurück und erzählte, während sie das Abendessen zubereitete, von dem Fluss aus Schokoladencreme, in dem man baden konnte und nur den Mund zu öffnen brauchte, um die köstlichste Schokolade zu trinken, und von Wolken aus Eiweißschaum, in die man hineintauchen und in denen man verschwinden konnte. Aber Lucille war inzwischen zu müde, um noch solche Geschichten zu erfinden, und die Geschwister zu alt, um daran zu glauben. Dafür erzählte sie ihnen von Teenagern, die Dinge von der Auslage nahmen und ohne zu bezahlen davonrannten, oder von Leuten, die sie mit Verachtung behandelten und beschimpften, wenn sie für einen Geldschein gerade nicht genug Wechselgeld zur Hand hatte.

„Die Menschen sind so grausam“, sagte sie. „Ich bin froh, wenn ich zu Hause bin und niemanden mehr sehen muss!“

Im Wohnzimmer setzten sie sich dann zu dritt auf das abgewetzte dunkelrote Sofa. Helen schob die vielen Zeitungen zur Seite, die überall herumlagen, damit sie Platz hatten. „Vorsicht, Vorsicht“, rief Lucille. „Die brauche ich noch!“

Lucille warf kein Papier weg. Zeitungen, Magazine, sämtliche Prospekte und Reklamezettel, die sie im Briefkasten fand, bewahrte sie auf. Wie ein Vogel Zweige für ein Nest sammelt, so hortete Lucille Zeitungen, und obwohl Lucille ein Bett hatte, schlief sie lieber auf dem Sofa, wo sie sich mit den Zeitungen eine Höhle baute. Sie schlief, wie es die Obdachlosen im Winter tun, eingewickelt in Papier, über dem Kopf eine zeltförmig aufgeschlagene Zeitung.

„Ich habe einen Winter in den Straßen der Stadt verbracht, ich weiß, wie man sich warm hält“, antwortete Lucille, wenn Helen und Gabriel fragten, warum sie eigentlich nicht wie alle anderen Menschen in ihrem Bett schlafe.

Die Polster des Sofas waren übersäht mit kleinen schwarzen Brandlöchern. Tante Lucille pflegte nach dem Essen eine Zigarette zu rauchen. Sie zog dabei den Rauch mit einem tiefen Seufzer ein, schloss kurz die Augen und lehnte sich entspannt zurück. Früher hatte sie viel mehr geraucht, zwei Päckchen am Tag, das hatte sie einmal zugegeben, und die Brandlöcher stammten aus jener Zeit.

Sie aßen im Wohnzimmer, die Teller auf den Knien, und Lucille schaltete den kleinen Fernseher ein, der in der Ecke etwas erhöht auf einem Schemel stand.

„Erst will ich die Nachrichten sehen, und danach könnt ihr euch einen Tierfilm anschauen", sagte Lucille. So war die Abmachung. Aber der Fernseher war alt und der Empfang schlecht. Bereits nach zehn Minuten fing entweder das Bild an zu flimmern oder der Ton verschwand. Die Gesichter wurden verzerrt. Helen kicherte, aber Lucille fand es ganz und gar nicht lustig. Sie stand auf und gab dem Fernseher einen Stoß. Das Bild wurde dadurch nur noch schlechter und lief durch. „Warum kann nichts funktionieren?", rief sie verzweifelt aus und hämmerte mit der Faust auf den Fernseher ein. Helen und Gabriel hörten auf zu essen und legten das Besteck auf den Teller. Das flackernde blaue Licht des Fernsehers färbte Lucilles Augen violett, so, als sei sie geschlagen worden. Ihre Lippen zitterten, ihre kleine Hand war zur Faust geballt.

„Geht sofort ins Bett", flüsterte sie mit einer vor Wut heiseren Stimme.

Zweimal im Jahr gingen sie auf den Friedhof und legten Blumen aufs Grab. Stechpalmen zu Weihnachten und zu Ostern Pfingstrosen, die sie unterwegs auf einer Wiese pflückten. Wenn das Geld reichte, kaufte Lucille Rosen im Blumengeschäft neben dem Eingang des Friedhofs. Sie zündeten eine Kerze in einem roten Plastikbecherchen an. Sie beteten nicht. Tante Lucille glaubte nicht an Gott.

„Geschwister müssen zusammenhalten", sagte

sie, „denkt daran, wenn ich eines Tages nicht mehr bin, habt ihr nur noch einander.“

Zu dritt schauten sie auf den Grabstein. Ein einfacher Stein, nur mit den eingravierten Namen der Eltern und dem gemeinsamen Todesjahr unter einer aufgehenden Sonne. Gabriel reinigte den Grabstein fürsorglich. Hatte sich etwas Moos in den Rillen der Sonnenstrahlen festgesetzt, dann kniete er sich nieder und schrubbte den Grabstein mit einer Bürste wieder sauber.

Danach spazierten sie über den Friedhof. Sie kamen an großen Familiengräbern vorbei; Grabmäler aus Marmor mit aufwendig verschnörkelten Inschriften und goldenen Ornamenten, einige mit üppigen Blumenarrangements geschmückt.

„Hier sind die reichen Leute begraben“, sagte Tante Lucille.

„Kommen sie deshalb schneller in den Himmel?“, wollte Helen wissen. „Wahrscheinlich gibt es für die Reichen auch im Himmel mehr Platz“, sagte Gabriel.

Aber Tante Lucille lachte nur: „Die kommen weder in den Himmel noch sonst wo hin. Tot ist tot.“

„Erinnerst du dich an sie?“, fragte Helen Gabriel einmal, aber er schüttelte stumm den Kopf. Lucille hatte ihnen Fotos der Eltern gezeigt, aber es hätten auch die von irgendwelchen Leuten sein können. „Vielleicht ist es besser so“, sagte Lucille und legte die Fotos weg, „was man nicht kennt, vermisst man auch nicht.“

Immer wieder geschah es, dass Tante Lucille die Stromrechnung nicht bezahlen konnte. Tage- und nächtelang ging in der Wohnung das Licht nicht mehr. Lucille kaufte große weiße Kerzen, wie man sie in Kirchen anzündet, solche, die besonders lange brennen. Sie stellte sie in der Wohnung auf, ging damit wie mit einer Fackel ins Schlafzimmer.

In diesen Nächten, die dunkler waren als sonst, schlief Lucille ausnahmsweise in ihrem Bett und erlaubte den Kindern, bei ihr zu übernachten. Zu dritt krochen sie in das Bett hinein, Lucille in der Mitte.

Auf dem Plafond über ihnen tanzte das Licht der Kerzen mit langen Schatten.

„Alles besser, als im Loch zu sein", sagte Lucille. Das „Loch" war die Gefängniszelle, in der sie - in ihrem anderen Leben, wie sie es ausdrückte - eingesperrt gewesen war. Immer, wenn etwas Unangenehmes passierte, jemand Grippe bekam, schlechtes Wetter aufzog, es hartes Brot gab oder keinen Strom, war es für sie jetzt immer noch besser als das Loch.

„Aber warum warst du im Loch?", fragte Helen dann, obwohl sie die Geschichte schon so oft gehört hatte. Lucille erzählte sie immer ein wenig anders, wählte andere Worte oder variierte die Details, und deshalb war es jedes Mal eine ganz neue Geschichte.

„Nur für zwei Tage war ich im Loch, in Untersuchungshaft, aber es hat mir gereicht. Weil ich einmal eine Freundin hatte. Ich wusste, sie stahl und versteckte ihr Diebesgut in einem Keller. Aber ich wusste nicht, wie viel es war; sie raubten Häuser aus, Villen, voll mit wertvollen Bildern, Schmuck, sogar Möbel haben sie gestohlen und wieder verkauft."

„Was hast du im Gefängnis gemacht?", fragte Gabriel, und in seiner Stimme schwang Bewunderung mit, wie für Überlebende einer abenteuerlichen Schlacht.

Lucille stand auf, holte Papier und Stift, und im schwachen Schein der Kerze zeichnete sie den Grundriss ihrer Zelle auf. Das Loch war genau drei Meter auf viereinhalb Meter groß. Ein Tisch, ein Bett, ein Kleiderschrank, ein Waschbecken, eine Toilette und ein Heizungsrohr. Sie zeichnete alles genau auf.

„Und das nur, weil ich die falschen Freunde hatte", sagte sie. „Merkt euch das: Der schlechte Umgang hat mich ins Gefängnis gebracht!"

Lucille verkehrte seither mit eigentlich niemandem mehr, die Kinder konnten sich jedenfalls an keine Freunde von ihr erinnern. Nie kam jemand zu Besuch, und sie selbst ging auch nirgends hin. „Passt bloß auf, mit wem ihr euch einlasst", warnte sie. „Besser ist, ihr bleibt auf Distanz. Aber wenn ihr je in eine schwierige Situation kommt", sie betonte das Wort „Situation" wie etwas, was man auf jeden Fall vermeiden sollte, „habt ihr immer noch eine Chance: Ihr könnt euer Leben in die Hände nehmen und verändern." Helen stellte sich vor, wie Lucille ihr Leben in die Hände nahm, wie ein Ding, das sie von einem Ort zu einem anderen tragen konnte.

„Seht mich an", sagte Lucille. „Ich bin gestorben und wieder zur Welt gekommen. Als eure Eltern bei dem Unfall umgekommen sind, habe ich euch aufgenommen. Ihr wart noch so klein", sie maß es mit den Händen ab, „zwei Häuflein. Ich habe euch gerettet, und ihr habt mich gerettet."

„Wahrscheinlich war ich auch schon einmal tot", fügte Gabriel mit einer für einen Neunjährigen erschreckend ernsten Stimme hinzu. „Und eigentlich wollte ich in diesem Leben nicht ein Mensch, sondern eine Blume sein."

„Du willst doch Pianist werden. Musiker. Was für ein schöner Beruf", sagte Lucille und legte die Hand zärtlich auf seine Augen.

Gabriel nahm Klavierunterricht. Es gab Unterstützung von einem Freundeskreis der Musikschule, um den Unterricht bezahlen zu können. Die russische Lehrerin, Frau Batschelo, wusste, dass Lucille ein Sozialfall war und Gabriel außergewöhnliches Talent hatte.

Frau Batschelos Haar war zu einem langen schwarzen Zopf gebunden, der Helen an den Schweif eines Pferdes erinnerte. „Begabter Junge", sagte sie mit ihrem russischen Akzent, wenn Helen und Lucille ihn vom Unterricht abholten, und legte dabei aufmunternd ihre harten, knochigen Finger auf Gabriels Schulter.

Er bekam eine kleine Bontempi-Orgel, damit er auch zu Hause üben konnte, und zeigte Helen die Noten, die er spielte, aber für sie waren das nur Hieroglyphen. Er zeigte ihr auch, wie man einen Notenschlüssel zeichnet. Bald lagen in ihrem Zimmer überall Notenblätter herum. Helen beobachtete ihren Bruder gerne beim Spielen und schaute dabei auf seine Finger, die leicht und wie selbstverständlich über die Tasten glitten.

„Wenn ich groß bin, werde ich ein eigenes Klavier haben", sagte er bestimmt.

Lucille arbeitete den ganzen Sommer. Während die anderen Kinder in den Urlaub fuhren, verbrachten Helen und Gabriel die Schulferien Jahr für Jahr neben der Tankstelle vor Lucilles Kiosk. Eis essend zählten sie die Autos, die vorbeifuhren, und wetteten darum, welche in die Tankstelle einbogen und welche weiterfuhren. Wer verlor, musste dem anderen von seinem Taschengeld abgeben, und so wanderten die wenigen Münzen von einer Tasche in die andere und wieder zurück.

Der Kiosk war so eng, dass es dort für Helen und Gabriel neben Lucille keinen Platz gab. Deshalb saßen sie auf zusammenklappbaren Campingstühlen vor der Tür und lasen Comics. Oder Gabriel trommelte mit seinen Fingern auf die Knie, und Helen zeichnete in ihr Skizzenbuch. Zeichnungen von den

Menschen, die etwas am Kiosk kauften. Wenn Lucille es erlaubte, brachte Gabriel auch seine kleine Orgel mit und setzte sich neben dem Kiosk auf den Boden. Er spielte die Melodien, die er bei Frau Batschelo gelernt hatte. Lucille ließ die Tür zu ihrer Kabine offen und summte leise mit. „Spiel es noch einmal", sagte sie, wenn sie ein Stück besonders mochte. Eine Frau, die am Kiosk Zeitschriften kaufte, schaute auf ihn hinunter und schüttelte heftig den Kopf. „Wie kann man nur ein Kind betteln lassen?", sagte sie, während sie das Rückgeld entgegennahm und Lucille die Zeitschrift aufrollte.

„Er bettelt nicht, er spielt, um sich die Zeit zu vertreiben, er soll einmal Pianist werden", stellte Lucille klar und streckte ihr die Rolle entgegen. „Herzlichen Dank. Ich wünsche Ihnen einen schönen Tag." Aber die Frau ging auf Gabriel zu, blieb vor ihm stehen und zeigte mit der Zeitschriftenrolle wie mit einem Stab auf ihn.

„Ach was. Das Kind bettelt, das sieht man doch! Schauen Sie den Jungen doch an, wie verdreckt er ist, und erst seine Haare! Er braucht einen Haarschnitt und ein Bad. Und dann die zerfetzten Kleider."

Lucille kam wütend aus der Kabine heraus und stellte sich vor die fremde Frau hin. Gabriel hörte erschreckt auf zu spielen und blickte zu den Frauen hoch.

„Hören Sie. Ich habe schon erklärt, er bettelt nicht. Und jetzt lassen Sie uns bitte in Frieden!"

Die Frau blickte erst auf Gabriel und musterte dann Lucille schnippisch von oben bis unten.

„Und wer sind Sie überhaupt? Seine Mutter? Sie scheinen ja überhaupt keine Erziehungsmethoden zu haben, so, wie das Kind aussieht."

„Sie haben kein recht, in diesem Ton mit mir zu reden. Wenn Sie nicht sofort verschwinden, rufe ich die Polizei."

Die Frau trat einen Schritt zurück. „Aha!" Bei dem Wort Polizei blickte sie auf, als sei ihr eben etwas Wichtiges eingefallen. Darauf wandte sie sich schroff ab.

„Ich werde das beim Jugendamt melden. Sie lassen Ihr Kind betteln. Ich habe es mit eigenen Augen gesehen."

Von da an durfte Gabriel vor dem Kiosk nicht mehr auf der Orgel spielen. Zu Hause holte Lucille eine Schere aus der Küche und breitete eine Zeitung auf dem Boden aus.

„Ich werde dir jetzt die Haare schneiden", sagte sie zu Gabriel. Tatsächlich fielen ihm die Haare vorne schon über die Augen und bildeten einen Vorhang, der ihn fast blind machte.

Nicht lange nach diesem Vorfall kam ein Brief in einem grauen Umschlag, den Lucille mehrmals las. Sie zündete sich kopfschüttelnd eine Zigarette an und blickte dann den Kindern ins Gesicht.

„Wir bekommen Besuch von der Vormundschaftsbehörde. Wenn ihr bei mir bleiben und nicht in einem Waisenhaus landen wollt, müssen wir einen verdammt guten Eindruck machen“, sagte sie mit ernster Stimme. „Andernfalls werden sie euch mitnehmen und zur Adoption freigeben, hier steht, sie glauben, ich könne nicht für euch sorgen.“

„Aber was sollen wir machen?“, fragte Gabriel besorgt.

„Nichts. Nur glücklich sein“, antwortete Lucille.

Jetzt fiel ihnen auf, wie schmutzig die Wohnung war. Die Fenster waren völlig verdreckt und ließen kaum Tageslicht mehr herein. Alles war bedeckt von Staub, Spinnweben hatten die Ecken erobert; es roch muffig nach alten, feuchten Kleidern. Der Tisch war übersät mit Brotkrümeln, halbvolle Kaffeetassen standen herum, und ein angebissener Apfel, der unter den Tisch gefallen und dort vergessen worden war, schimmelte unbeachtet vor sich hin. Aber am schlimmsten waren die Zeitungen. Berge von alten Zeitungen türmten sich in dem Zimmer, und man musste aufpassen, nicht daranzustoßen, damit die Stapel nicht einstürzten. Im Wohnzimmer konnte man die Tür nicht mehr schließen, sogar im Flur und in Lucilles Schlafzimmer stapelten sich die Zeitungen schon. Das Bett bildete eine Insel in einem Meer von Zeitungen, das jeden Augenblick wie eine Flutwelle über das Bett hereinzubrechen drohte.

„Kinder, Kinder“, rief Lucille aus und ging mit gehetztem Blick durch die Zimmer, auf der Suche nach einem Ort, wo sie die Zeitungsstapel verstecken könnte. Aber in der Wohnung gab es keinen Platz mehr, etwas zu verstecken. Helen und Gabriel hatten ihr strikt verboten, Zeitungen im Kinderzimmer zu lagern. Kurz entschlossen holten sie Abfallsäcke. Lucille starrte sie an. Sie schlug die Hände über dem Kopf zusammen, während sie den Kindern zusah, wie sie das Papier schweigend, aber bestimmt, stapelweise in die Plastiksäcke stopften.

Ganz verwirrt lief sie ein paarmal in die Küche und kam wieder zurück, um zu sehen, wie die Zeitungsberge allmählich zu Hügeln schrumpften und schließlich ganz verschwanden. Dann wischten Helen und Gabriel mit Eimer, Wasser und Lappen durch die ganze Wohnung. Das Sofa war plötzlich kahl und nackt. Sie legten ein sauberes weißes Leintuch über die abgewetzten Polster, um die Brandlöcher zu verdecken.

Gabriel zog Helen danach zu sich ins Kinderzimmer und schloss die Tür.

„Wenn sie uns mitnehmen, rennen wir weg", erklärte er mit leiser, aber gefasster Stimme.

„Schau", sagte er und öffnete den kleinen Pappkoffer, den ihm einmal Lucille geschenkt hatte. Er war nicht größer als eine Schultasche. „Ich habe schon alles für unsere Flucht vorbereitet."

Der Koffer war voll mit seinen Notenbüchern und den Malstiften für Helen.

„Aber wo sollen wir hin, wo schlafen wir?", fragte Helen besorgt.

„Wir verstecken uns irgendwo in der Stadt, und nach zwei oder drei Tagen kommen wir wieder hierher zurück", sagte er. „Du möchtest doch bei Lucille bleiben, oder?" Helen nickte.

Die Wohnung duftete. Noch nie war sie so sauber gewesen. Lucille wartete im Wohnzimmer und blätterte ungeduldig in einer Zeitschrift. Gabriel saß vor seiner kleinen Orgel, der Koffer stand neben ihm. Helen malte an einem Bild in lauten Blautönen. Es war das letzte aus einer Serie von Planetenbildern. Sie hatte schon einen roten, einen schwarzen und einen gelben Planeten gemalt. Auf diesem Bild war alles blau, die Häuser, die Menschen, die Vögel.

Draußen hörten sie Schritte und dann das Klopfen an der Tür. Die gedämpften Stimmen eines Mannes und einer Frau. Die Besucher gingen mit Tante Lucille ins Wohnzimmer und stellten ihr Fragen.

Sobald sie die Tür zum Kinderzimmer öffneten, spielte Gabriel wie auf Kommando auf der Orgel.

Der Mann schaute unsicher auf die Kinder. Er notierte etwas in sein Notizbuch.

„Du spielst aber schön", sagte die Frau von der Vormundschaftsbehörde, während sie auf Gabriel herunterschaute. „Und ganz ohne Noten!"

Dann wandte sie sich Helen zu, die an ihrem Bild malte, und blickte ihr über die Schulter.

„Blaue Haare?!", sagte sie, „aber so was gibt es doch gar nicht."

„Gibt es doch", antwortete Helen verärgert. „Auf dem Planeten, den ich male, ist alles blau. „So so", sagte die Frau, schüttelte den Kopf und verließ das Zimmer. Sie hörten noch, wie Tante Lucille draußen etwas von „zu viel Phantasie" sagte. Sie lachten alle drei auf, und kurz danach wurde die Wohnungstür geschlossen. Gabriel aber schob den gelben Pappkoffer unter den Schrank. „Der bleibt hier, falls sie doch wiederkommen."

Im Winter war die Wohnung kalt. Lucille ließ die Heizung auf der niedrigsten Temperaturstufe und drehte nie weiter auf. „Heizen ist teuer", warnte sie, „zieht euch lieber warm an." Vom Sozialamt kam ein Paket mit Kleidern. Wollene Strümpfe und abgetragene Pullover. Lucille bügelte Flicken auf die Ellbogen, damit sie länger hielten. Die Strümpfe kratzten bei jedem Schritt auf der Haut. „Stell dich nicht so an", sagte Lucille, wenn Helen ihr Gesicht verzog, „sei froh, dass du nicht frieren musst!"

In der Schule wurden sie ausgelacht.

„Schaut, die Flickenkinder kommen", spotteten die anderen Schüler, und die Mädchen rümpften die Nase.

„Wenn du dir etwas wünschen könntest, was würde es sein?", fragte Helen Gabriel einmal.

„Ein Albatros", antwortete Gabriel, ohne zu überlegen. „Ich wünsche mir einen Albatros, auf dem ich fliegen kann, wohin immer ich will, ich könnte mich unter seinem Flügel verstecken." Helen holte Papier und Stift. „Ich werde dir einen Albatros schenken." Aber Helen wusste nicht, wie ein Albatros aussah, und zeichnete stattdessen einen schwarzen Pinguin mit riesigen Flügeln und einem Menschengesicht.

Lucille lächelte still, als sie die Zeichnung sah.

„Warum gehst du nicht in den Zoo", schlug sie vor, „und schaust dir die Vögel einmal genau an?"

Am nächsten freien Nachmittag ging Helen mit einem Zeichenbuch unter dem Arm in den Zoo. Neben jedem Tierkäfig gab es ein Schild mit Namen und Informationen über die Herkunft und die Nahrungsgewohnheiten der Vögel. Sie betrachtete diese Zeichnungen genau.

Sie war überrascht über die Größe der Volieren, in denen es sogar Bäume gab und kleine künstliche Seen.

Geier blickten neugierig von weit oben auf sie herunter. Sie sah Papageien, die mit gespreizten Beinen über den Boden hüpften oder reglos, wie ausgestopft, auf einem Ast mit dem Kopf unter dem Flügel schliefen.

Mit spitzem Bleistift versuchte sie, die Vögel in korrekten Proportionen wiederzugeben. Helen vertiefte sich in Formen, zeichnete Details wie Krallen, Schnabel und Federn.

Plötzlich sah sie überall Vögel, die Tauben auf dem Schulhof, schwarze Vogelschwärme, die über die Stadt zogen. Spatzen und Krähen, die in den

Bäumen hockten, und einmal sogar einen Bussard, der über die Häuser flog.

Von nun an verbrachte Helen jede freie Minute im Zoo. Sie ging von Voliere zu Voliere. Besonders fasziniert war sie von einem Kondor, der immer wieder mit weit ausgebreiteten Flügeln gegen das Gitter flog.

„Was würde geschehen, wenn der Kondor freigelassen würde?“, fragte Helen zu Hause.

„Er würde in die Anden zurückfliegen, wo seine Heimat ist“, sagte Lucille.

„Nein“, gab Gabriel entschieden zurück, „er würde unterwegs sterben, weil er nicht weiß, wie man draußen überlebt. Er ist es gewohnt, gefüttert zu werden. Er ist degeneriert.“ Das war die Art Antwort, mit der Gabriel Gespräche beendete.

Tag für Tag setzte der Kondor seinen Flug gegen das Gitter fort. Sein Kopf mit der flaumigen Halskrause wirkte klein und zerbrechlich zwischen den gigantischen schwarz-weißen Schwingen. Mit einem flatternden Geräusch schwang er den massiven Körper für wenige Sekunden in die Luft, bevor er gegen den Maschendraht seines Gefängnisses prallte. Helen zeichnete ihn frontal, mit weit gespreizten Flügeln, kurz vor dem Absprung. Sobald sie sich hinsetzte und zeichnete, war sie selber wie in einem Käfig, ausgestellt und beschützt zugleich. Sie ließ sich durch die Horden von Schülern nicht stören, die sich durch den Zoo schleppten und ihr über die Schulter schauten, Fragen stellten und freche Kommentare abgaben. Einmal kam ein Lehrer zu ihr. „Lass mal sehen", sagte er und blätterte aufmerksam durch ihr Zeichenbuch. Es war fast voll.

„Kommst du oft hierher zum Zeichnen?", wollte er wissen.

„Ich bin immer hier", antwortete sie. „Es gibt so viel zu zeichnen."

„Hier, schau dir das an, hier solltest du mitmachen." Er drückte ihr ein Anmeldeformular für einen Wettbewerb in die Hand. Eine Kunstschule schrieb einen Talentwettbewerb aus. Helen schickte die Zeichnungen mit dem Kondor ein.

Zwei Wochen später kam ein Brief. Lucille öffnete ihn und hob ihn wie eine Trophäe hoch. Helen hatte den dritten Preis gewonnen, obwohl sie mit Abstand die jüngste Teilnehmerin des gesamten Wettbewerbs war. In der Begründung der Jury wurden die Präzision, der ungewöhnliche Gestaltungswille und der kraftvolle Ausdruck ihrer Bilder hervorgehoben. Sie bekam eine Staffelei, ein Sortiment Ölfarben und ein Buch über die Anatomie des Menschen.

Die schönste Zeichnung schenkte sie Lucille, die sie rahmen ließ und ins Wohnzimmer hängte.

Sie zeichnete jetzt auch andere Tiere. Im Raubtierkäfig roch es nach Blut und Desinfektionsmitteln. Besonders die Löwenfütterung war eine Attraktion, die sich Helen nicht oft genug ansehen konnte. Die Löwen fielen über das Fleisch her und zerrissen es mit ihren Zähnen. Sie zeichnete das Gebiss der Löwen und wie ihre Köpfe im offenen Fleisch verschwanden.

Der Zoo war voller Überraschungen. Sie blieb so lange bei einem Tier, bis sie mit ihrer Zeichnung zufrieden war, und ging erst dann zum nächsten. Wochenlang saß sie vor dem Freigehege mit den Wölfen. Ein Wolf ging ruhelos mit hängendem Kopf in dem Gehege hin und her. Er blickte kurz in Helens Richtung, lauernd, mit alten, gelangweilten Augen; dann trottete er wieder los, ging weiter im Kreis, endlos seinen eigenen Fußstapfen folgend.

„Warum läuft er den ganzen Tag hin und her?“, fragte Helen den Tierpfleger, der ihm das Futter in den Käfig warf.

„Er ist so, weil er eingesperrt ist“, sagte der Mann. Sie zeichnete einen Wolfskörper mit einem Menschenkopf. Jeder Mensch ist auch ein Tier, dachte Helen. Und sie fing an, auf der Straße, in der Schule oder im Bus jetzt auch die Menschen genauso zu beobachten, wie sie zuvor die Tiere im Zoo beobachtet hatte. Sie waren nicht weniger seltsam, und immer bemerkte sie etwas an einem Menschen, das sie an ein Tier erinnerte. In Gedanken setzte sie den Menschen Tierköpfe auf, sie konnte sofort erkennen, ob jemand ein Hund, eine Katze oder ein Vogel und welcher war. Wo sie auch hinschaute, sah sie Schildkrötenhälse, Froschaugen, schütteres graues Hyänenhaar und Affenschädel.

Die Zeichnung vom Wolf mit dem Menschenkopf schien ihr besonders gelungen. Sie zeigte sie Lucille, aber die schüttelte widerwillig den Kopf.

„Das gefällt mir aber überhaupt nicht, es ist eine sehr unheimliche Zeichnung", sagte sie, „ich werde sie nicht aufhängen. Du solltest nur zeichnen, was du auch sehen kannst!"

„Aber ich habe es gesehen", protestierte Helen, „genau so!"

Den Winter verbrachte Helen viele Stunden im Affenhaus.

Der Zoo der Stadt war berühmt für seine Gorillas. Die Augen, die Hände, die Bewegungen, Helen zeichnete ein ganzes Skizzenbuch voll. Sie zeichnete eine Gorillamutter, die ihr Baby stillte. Sie zeichnete Gorillas, die sich gegenseitig lausten, miteinander rauften oder sich an den künstlichen Bäumen hinaufschwangen. Die Gorillas waren respektlos. Sie spuckten an die Glasscheibe, gegen das staunende Publikum oder warfen sich brüllend dagegen. Sie ließen keinen Zweifel daran, dass sie einen augenblicklich umbringen könnten, wenn sie die Möglichkeit dazu hätten.

An einem Nachmittag, an dem es besonders viele Besucher gab, setzte sich einer der Gorillas vor die Glasscheibe und fing mit gelangweilt abgewandtem Gesichtsausdruck an zu masturbieren. Das Affenhaus war erfüllt von Geschrei und Gelächter, ein paar Kinder zeigten mit dem Finger auf das rote, blutgefüllte Geschlecht und wie es in seiner Hand verschwand und wieder hervortrat. Helen versuchte, den masturbierenden Affen zu zeichnen, aber sie schämte sich bei jedem Strich. Die Hand mit dem Geschlecht war das Schwierigste, vor allem die Finger in der Verkürzung. Sie saß so weit weg von dem Publikum wie nur irgend möglich, damit ihr niemand über die Schulter schauen konnte.

Ein halbes Jahr lang hatte Gabriel ausschließlich für das Konzert geübt. Wenn Lucille vom Konzert redete, dann immer mit ängstlicher Ehrfurcht. „Du brauchst Kraft für das Konzert“, sagte sie und schöpfte ihm ein zweites Mal in den Teller. Lucille beobachtete ihn vorsichtig und umsorgte ihn mehr als sonst, wie wenn er bald in eine Schlacht ziehen müsste, bei der man nicht wusste, wie sie ausging und ob er lebendig daraus zurückkam.

Auf geheimnisvolle Weise hatte sich sein Talent ohne ihr Zutun entwickelt. Wie ein Wesen, das unsichtbar neben ihm stand, ihn wie ein Schatten begleitete und Gabriel auf rätselhafte Weise veränderte.

In der Nacht vor dem Konzert hörten Helen und Gabriel, wie Lucille rastlos in der Wohnung herumschlich und sich unruhig auf dem Sofa wälzte, wobei bei jeder Bewegung die Zeitungen raschelten.

„Hast du denn kein bisschen Lampenfieber?“, fragte Lucille, als es dann schließlich so weit war. In aller Ruhe zog Gabriel den Anzug an, den sie für ihn bei einem Kostümverleih gemietet hatte. Er saß perfekt, und der Junge bewegte sich darin so selbstverständlich, als ob er immer schon einen Anzug getragen hätte. Lucille justierte die kleine dunkelblaue Fliege an seinem Hals und lachte: „Wie ein kleiner Herr sieht er aus, und so vornehm!“

In der Aula der städtischen Musikakademie setzten sich Lucille und Helen in die hinterste Reihe. Helen hatte noch nie einen Flügel gesehen. Schwarz und mächtig stand das Instrument auf der Bühne. Eine vornehm angezogene Frau mit einem Mikrofon in der Hand betrat die Bühne und begrüßte das Publikum. Sie sprach von der Zukunft und den Kindern, die mit ihrem außerordentlichen Talent die Hoffnung dieser Zukunft waren. Lucille rutschte unruhig auf dem Stuhl hin und her und hielt die Hände wie im Gebet gefaltet.

Sieben Kinder kamen nacheinander auf die Bühne, setzten sich an den Flügel und spielten Chopin, Händel und Bach.

Erst erkannte Helen Gabriel gar nicht in seinem dunklen Anzug. Im Licht des Scheinwerfers sah sein Haar heller aus, beinahe blond. Er spielte leicht und konzentriert und ohne einen einzigen Fehler. Während sie ihm zusah, wie er da oben auf der Bühne saß, fühlte sie plötzlich, wie Gabriel sich Note für Note mehr von ihr entfernte. Er sah sie nicht, und auch als er aufstand und sich vor dem applaudierenden Publikum kurz verneigte, trafen sich ihre Blicke nicht. Neben ihr richtete sich Lucille plötzlich auf; die Unsicherheit war vollständig aus ihrem Gesicht verschwunden. Ihr Blick festigte sich und wurde beinahe brutal. Von Stolz ergriffen stand sie auf und klatschte in wilder Begeisterung Gabriel zu.

Er gewann ein Stipendium für die Musikakademie. Dort hatte er Lehrer, die er nicht bezahlen musste, vor allem aber unbeschränkten Zugang zu einem Klavier, auf dem er üben konnte, wann immer er wollte. Gleich nach dem Unterricht eilte er von nun an auf dem Fahrrad in die Akademie und kam erst zum Abendessen zurück.

Die Bontempi-Orgel verschwand für immer neben dem Pappkoffer unter dem Bett. Gabriel las jetzt Noten von Johann Sebastian Bach. Für Helen hatte er keine Zeit mehr. Gabriel trommelte mit den Fingern auf den Tisch. Er übte Triller und redete von Riffs, Akkorden und Harmonien. Lucille bereitete dabei das Abendessen vor.

„Trotz allem habt ihr nichts zu erwarten", sagte sie plötzlich, während sie Linsen aus einer Dose in eine Pfanne schüttete. „Macht euch nur keine Illusionen, sei es mit der Musik oder mit dem Zeichnen, und macht verdammt noch mal, dass ihr hier rauskommt!"

Helen und Gabriel sahen sich an; sie verstanden nicht genau, was Lucille meinte und von wo sie RAUSKOMMEN sollten, aber es klang verzweifelt und nach wenig Glück.

III

Die Galerie Maulbeer lag etwas versteckt im alten Teil der Stadt, dort, wo die Häuser Namen hatten wie „Zum dürren Tod“ oder „Elftausend Jungfern“. Sorgfältig renovierte Altstadthäuser reihten sich an stille, efeubewachsene Hinterhöfe. Helen besuchte die Galerie Maulbeer, so oft sie konnte. Sie lag im ersten Stock eines Hauses mit hellen, großen Räumen. Der alte Parkettboden knarrte bei jedem Schritt, und wenn es warm war, roch man das Holz. Die Räume der Galerie hatten auf Helen eine beinahe betäubende Wirkung.

Die Bilder hingen an den weiß gestrichenen Wänden, als wohnten sie dort. Helen setzte sich vor ein Bild, starrte auf einen Punkt in der Mitte der Leinwand, konzentrierte sich intensiv auf diesen Punkt, bis sich das Bild vor ihren Augen in einzelne Farbteilchen auflöste. Helen schaute das Bild weg. Aber es funktionierte nicht immer; manchmal war das Bild auch eine undurchdringliche Wand und das Betrachten wie ein Kampf, den sie nicht gewinnen konnte. Dann war das Bild stärker als sie. Auf diese Weise prüfte sie die Qualität. Ein gutes Bild ließ sich nicht wegschauen, egal, wie lange und intensiv sie es anstarrte, und während sie durch die Räume schritt, stellte sie sich vor, wie ihre Portraits an diesen Wänden wohl wirken würden. In Gedanken reihte sie ihre Bilder aneinander und wählte aus, welche wohin passten.

Im hintersten Raum der Galerie befand sich eine Kunstbuchhandlung, spezialisiert auf limitierte Auflagen und Raritäten. Es gab seltene Bildbände und original signierte Kataloge. Stundenlang stöberte Helen dort in den Regalen. Die Bücher waren teuer, und sie konnte sie sich nicht leisten, deshalb las sie sie dort, und manchmal schrieb sie sich etwas, was sie besonders interessierte, in ein Notizbuch. Die Frau des Galeristen, die die Buchhandlung führte, sah bereitwillig darüber hinweg. Sie sagte nichts und ließ Helen in den Büchern blättern. Zum Dank kaufte sie gelegentlich eine Postkarte oder ein im Preis herabgesetztes Taschenbuch.

Hinter den aufgeschlagenen Buchdeckeln konnte Helen die Buchhändlerin beobachten, die von außergewöhnlicher Schönheit war. Ihr schmales, ovales Gesicht war gerahmt von glattem schwarzem Haar, das bis unter ihr Kinn reichte. Die feinen Linien und die griechisch geformte Nase machten sie zu einer delikaten, eleganten Erscheinung. Wenn sie lachte, kamen ihre spitzen, schrägen Zähne zum Vorschein, die einen markanten Akzent in ihrem Gesicht setzten.

Wenn Helen lange genug dablieb, konnte sie auch Adrian Maulbeer sehen, wie er in die Galerie hereinsegelte. Er ging schnell und seine Füße schienen den Boden kaum zu berühren. Sein Oberkörper war stets nach vorn gebeugt und der Kopf gereckt; es sah aus, als folgte ihm der Rest des Körpers verlangsamt und nur mit Mühe hinterher. Er wechselte ein paar Worte mit seiner Frau – Helen hörte einmal, wie er sie Sofia nannte – und küsste sie auf die Stirn. Dabei nahm er ihren Kopf in die Hände, als hielte er etwas Zerbrechliches. Er küsste sie nie auf den Mund oder die Wangen, immer nur auf die Stirn, genau auf den Haaransatz, und wenn Helen ein paar Meter entfernt hinter den Bücherregalen Zeugin dieser zärtlichen Geste wurde, erschrak sie fast; ihr war, als ob sie sich dadurch an etwas Wichtiges, was sie vergessen oder außer Acht gelassen hatte, mit einem Mal wieder erinnerte. Und wenn sie sah, wie Sofia ihrem Mann nachblickte, wie er durch die weitläufigen Räume der Galerie wieder verschwand, war sie erfüllt von einer tiefen Hoffnung und sonderbar erleichtert über die schlichte Tatsache, dass Sofia und Adrian Maulbeer existierten.

Seit Helen den Preis der Kunstakademie gewonnen hatte, wurde sie regelmäßig zu Gruppenausstellungen eingeladen, die entweder in den schlecht gelüfteten Räumen alternativer Kulturzentren oder in zum Abbruch leerstehenden Häusern stattfanden. „Du hast nichts zu verlieren", sagte Gabriel aufmunternd, „du musst dich zeigen. Mach überall mit, wo du kannst."

Noch nie war es ihr gelungen, ein Bild zu verkaufen, und auch jetzt machte sie sich nicht die geringsten Hoffnungen. „Wer würde schon freiwillig hierherkommen!“, sagte Gabriel, der sie begleitet hatte, „man würde um sein Leben fürchten.“ Die Vernissage fand in einer stillgelegten Fabrikhalle statt, die Gegend war menschenleer und die Straßen dorthin kaum beleuchtet. Graffiti waren auf Container und die Fassaden der Industriegebäude gesprüht.

Neben dem Veranstalter, den Künstlern und deren Freunden gab es kaum andere Besucher. Während sie sich umschauten, sah sie, dass es außer ihrem in der Ausstellung kein einziges anderes Tafelbild gab. Es überraschte sie nicht, ihr war das schon bei anderen, ähnlichen Ausstellungen aufgefallen. Die Künstler ihrer Generation waren an klassischer Malerei kaum mehr interessiert. So bestand auch diese Ausstellung vor allem aus Videos, Objekten und Fotografien. Helen und Gabriel waren gerade dabei, ein Objekt mit dem Titel „Lebendig begraben“ zu studieren. Ein roh gezimmerter, mit schwarzem Stoff ausgekleideter Sarg, in den man sich hineinlegen konnte. Sobald man lag, schloss sich der Sargdeckel und sprang nach genau drei Minuten automatisch wieder auf. Die Leute standen erwartungsvoll darum herum und schienen darauf zu warten, dass sich jemand hineinlegte. Da sah Helen, wie Adrian Maulbeer den Raum betrat.

Sie hatte schon gehört, er war immer auf der Suche nach jungen Künstlern. Trotzdem war sie überrascht, ihn hier zu sehen. Maulbeers Augen flitzten durch die Halle wie Pfeile, bohrten sich aber nirgends fest. Sie merkte sofort, er würde nicht lange bleiben. Ihr Portrait hing einsam und wie verloren an einer Wand, völlig deplatziert inmitten der Videos und Objekte, die grell und laut waren, und fast schämte sich Helen jetzt in dieser Umgebung für das Bild, das wie aus einer alten, vergangenen Zeit kam, in der man sich noch die merkwürdige Mühe gemacht hatte, einen Pinsel in die Hand zu nehmen. Adrian Maulbeer ging rasch durch die Halle. In Gedanken versuchte sie, ihn dorthin zu lenken, wo ihr Bild hing, sie starrte gebannt auf seinen Rücken und biss sich auf die Lippen, weil sie fürchtete, er könnte es übersehen. Aber Adrian Maulbeer blieb vor ihrem Bild stehen.

Das Bild zeigte Lucille wenige Wochen vor ihrem Tod. Es war das letzte Portrait gewesen, das sie von ihr gemalt hatte. Ihre Wangen waren nach innen gesunken, die Haare schütter und ungekämmt. Ein paar Strähnen standen widerspenstig von ihrem Kopf ab, gerade erst aus einem tiefen Schlaf erwacht, schien sie sich in dem diffusen Zwischenstadium von Traum und Wachsein zu befinden. Neben ihr ein Leguan, Lucille zugewandt; bereit, ihr im nächsten Augenblick ins Gesicht zu springen. Die grünen Augen, eingebettet in dickhäutige

Augenringe, wirkten neben Lucilles schlafwandlerischem Gesichtsausdruck hellwach. Lucilles Gesichtsfarbe ähnelte jedoch auffallend der des Leguans, und bei genauerem Hinschauen war es, als wäre sie bereits dabei, sich dem Tier anzuverwandeln: ihre menschliche Körperhülle für immer abzustreifen wie eine Schlange ihre Haut.

Maulbeer wechselte ein paar Worte mit dem Veranstalter und kam dann direkt auf sie zu. Alle drehten ihre Köpfe, während Maulbeer sich ihr vorstellte. Helen fühlte vor Aufregung ihr Herz schlagen. „Ich kenne Ihre Galerie sehr gut", sagte sie, „und auch die Buchhandlung."

„Das ist ein interessantes Bild", sagte er ohne Umschweife, „haben Sie noch mehr davon?"

Tatsächlich hatte sie Lucille schon in früheren Phasen ihrer Krankheit gemalt, immer Kopf an Kopf mit einem Tier. Lucille mit Hund. Lucille mit Pfau. Lucille mit einem Leguan. Gerne hätte sie auch ein Portrait von Gabriel gemalt, aber jedes Mal, wenn sie ihn bat, Modell zu sitzen, winkte er lachend ab mit der Ausrede, nicht stillsitzen zu können. Vergeblich hatte sie versucht, ihn aus dem Gedächtnis zu malen, aber solche Bilder scheiterten, und sie konnte keines vollenden. Die anderen Portraits zeigten Unbekannte, deren Bilder sie aus Zeitungen und Zeitschriften ausgeschnitten hatte. Sie brauchte immer eine Vorlage; es war ihr unmöglich, ein menschliches Gesicht aus der Erinnerung zu malen oder zu erfinden, aber sie konnte alle Tiere sofort, und ohne nachzudenken, bis in das letzte Detail hinein lebensecht auf die Leinwand bringen.

„Ich habe ungefähr dreißig Bilder in meinem Atelier", antwortete Helen. Gabriel nickte bestätigend und fügte stolz hinzu: „Wissen Sie, meine Schwester hat immer schon gemalt, sie wollte nie etwas anderes machen." Helen blickte ihn genervt an, damit er still sei. Aber Maulbeer nickte zustimmend.

„Ist es vielleicht möglich, einen Atelierbesuch bei Ihnen zu machen? Ich würde mir die Bilder sehr gerne anschauen."

In der Mansardenwohnung, in der Helen lebte, gab es nur zwei kleine Zimmer und eine Küche mit einer Badewanne. Eines der Zimmer diente ihr als Atelier. Helen schlief auf einer harten japanischen Strohmatte, auf der sie am Abend einen Futon ausbreitete. Wenn im Sommer die Sonne durch das kleine Dachfenster hereinschien, roch die Tatami nach Heu. Sie hatte sie zusammen mit dem Futon einer Mitstudentin abgekauft, die ihre Wohnung auflöste, weil sie zu ihrem Freund nach Australien zog. Es war ein guter Kauf gewesen. „Es ist die gesündeste Art zu schlafen", hatte ihr die Kollegin versichert, „die Tatami ist zwar hart, aber gut für den Rücken." Tatsächlich schlief Helen tief und fest und nutzte den Futon am Tag als Sofa, indem sie ihn aufrollte und sich an ihn lehnte. Außer einem einfachen Büchergestell gab es sonst nichts mehr in dem Schlafzimmer. Das oberste Regal krönte das Tierlexikon in weißen Schubern, auf das sie besonders stolz war. Sie hatte es zu einem Spottpreis bei einem Trödler erstanden, der froh gewesen war, das zehnbändige Ungetüm loszuwerden. Sie hatte die schweren Bände mit beträchtlicher Mühe die vier Stockwerke hoch in ihre Mansarde geschleppt.

Eine einzige Postkarte war mit einer Reißzwecke an die Wand geheftet. Es war ein Bild von Raffael mit dem Titel „Junge Frau mit Einhorn“, das sie bei einer Ausstellung über die Malerei der Renaissance entdeckt hatte. Die Frau hielt das kleine Einhorn, das nicht größer war als ein Welpe, auf ihrem linken Arm. Aus den Augenwinkeln schien sie etwas zu beobachten, hatte den Mund dabei wie staunend leicht geöffnet. Sie hielt die Hufe des Einhorns fest, als fürchte sie, es könnte gleich auf und davon springen. Es war Helens Lieblingsbild. Das Einhorn war hier nicht als ein Fabelwesen entrückt oder rätselhaft dargestellt, sondern es saß ganz selbstverständlich auf dem Arm der Frau, agil, mit aufgewecktem Gesichtsausdruck, wie ihr schien, und zu allem bereit. Helen hatte eine Kopie von dem Bild gemalt und dabei eine fast größere Befriedigung empfunden, als wenn sie selbst ein Bild entwarf.

Wegen der Dachschräge war es zu niedrig, um

aufrecht in dem Zimmer zu stehen. Helen lag meist auf der Tatami, die Hände hinter dem Kopf verschränkt, und blickte aus dem Dachfenster in den Himmel. Sie schloss das Fenster nur, wenn ein Sturm aufzog, oder im Winter, wenn es schneite.

Bei jedem Luftzug bewegten sich die Kraniche aus Papier. Sie erinnerte sich nicht mehr, wann und von wem sie das Mobile bekommen hatte, aber sie schien es immer schon besessen zu haben, und es kam ihr wie ein Wunder vor, dass etwas so Zerbrechliches und Zartes in den vielen Jahren nicht zerstört oder beim Umzug beschädigt worden war. Alle Kraniche hatten noch ihre Flügel und hingen unversehrt am Dachbalken vor dem Fenster, festgehalten von einer dünnen Schnur.

Gabriel wohnte genau auf der gegenüberliegenden Straßenseite im dritten Stock eines renovierungsbedürftigen Altbauhauses. Wenn sie sich weit genug aus dem Dachfenster hinausbeugte, konnte sie das Zimmer sehen, in dem er unterrichtete, und wenn das Fenster geöffnet war, konnte sie – je nachdem, aus welcher Richtung der Wind kam – das Klavier hören. Es war ein glücklicher Zufall gewesen, dass sie beide in der gleichen Straße eine Wohnung gefunden hatten, und obwohl Helen und Gabriel nie vorhatten, eine Wohnung zu teilen, waren sie doch erleichtert, nur ein paar Schritte voneinander entfernt zu wohnen.

Maulbeer klingelte Punkt drei Uhr am Nachmittag. Das Geräusch ließ sie auffahren. Obwohl Helen darauf gewartet hatte, ja die letzte Stunde alle fünf Minuten auf die Uhr geschaut und nervös im Atelier auf und ab gegangen war, erschrak sie jetzt über die Tatsache, dass Maulbeer wirklich gekommen war. Sie hörte ihn das Treppenhaus hochkommen, das Klacken seiner Absätze auf den hölzernen Stiegen.

„Kommen Sie herein", sagte Helen und führte ihn mit einer einladenden Geste ins Atelier. Neugierig sah er sich um, das Atelier glich einem Laboratorium. Dutzende von leeren Farbtuben lagen auf dem mit Zeitungspapier ausgelegten Boden. Neben der Tür waren Plastiktöpfe und Flaschen mit Terpentin und anderen chemischen Substanzen aufgereiht. Verschiedene Stapel von Magazinen türmten sich in den Ecken: Helen sammelte alles, was sie als Vorlage für ihre Bilder benutzen konnte. Tieraufnahmen oder Gesichter von Menschen. Die Bände des Tierlexikons lagen herum, einige aufgeschlagen, andere waren mit Zetteln versehen.

Das Poster an der Tür mit der Abbildung eines menschlichen Skeletts hatte Helen aus dem Anatomiesaal geklaut. Leere Flaschen waren auf dem Fensterbrett arrangiert wie in einem Stillleben von Morandi. Maulbeer ging auf den menschlichen Schädel aus Kunststoff zu, der ebenfalls auf dem Fensterbrett stand. „Er ist in zweiundzwanzig Einzelknochen zerlegbar", erklärte Helen, „und wenn man die Schädeldecke hebt, kann man das Gehirn herausnehmen, das ebenfalls zerlegbar ist." Maulbeers Gesichtsausdruck war fasziniert und abgestoßen zugleich. „Interessant", sagte er nur und stellte den Schädel schnell wieder zurück. Dann sah er sich die Portraits an, die an die Wand gelehnt waren. Er stellte jedes Einzelne vor sich hin und betrachtete es ausführlich.

„Ich habe solche Portraits noch nie gesehen", sagte er. „Obwohl es eigentlich zwei Portraits in einem sind, immer ein Mensch und ein Tier, scheinen sie zusammenzugehören, ja untrennbar miteinander verbunden zu sein."

Sie zeigte ihm auch die Mappen mit den Zeichnungen. Selbst die Studien, die sie als Kind im Zoo gemacht hatte. Es war eine ganze Menge. Zwischen den einzelnen malerischen Arbeiten legte Helen immer eine Pause ein, in der sie nur zeichnete. Sie beschäftigte sich intensiv mit der menschlichen und der tierischen Anatomie. Wenn sie einen Fuß zeichnete, begann sie mit einem menschlichen Fuß, wandte ihre Aufmerksamkeit aber schon bald Tierfüßen zu und zeichnete obsessiv alles, von Vogelkrallen bis zu den Flossen eines Hais.

Maulbeer ließ nichts außer Acht. Sie war überrascht, wie viel Zeit er sich nahm, wie genau er sich ihre Arbeiten anschaute, als suche er etwas in ihnen, etwas, was man nicht auf den ersten Blick entdecken konnte, ein Geheimnis, das sich einem erst allmählich eröffnete. Sein Interesse schmeichelte ihr. Sie war jetzt auch nicht mehr aufgeregt. Sie hatte immer schon auf diesen Moment gewartet, ja, darauf hingearbeitet, auf den Moment, entdeckt zu werden.

Maulbeer stellte Fragen über ihre Herkunft, und sie erzählte von ihrer Patentante Lucille und dass sie inzwischen verstorben war.

„Sie haben ihr ja einige sehr schöne Portraits gewidmet“, sagte er.

Sie schämte sich nicht, als er ihr in die schäbige Küche folgte. In der Küche gab es gerade mal Platz für einen Campingkocher, einen Klappstuhl und einen Tisch. Eine Badewanne nahm fast den ganzen Raum ein. Dass das Badezimmer gleichzeitig auch ihre Küche war, schien ihn weder zu stören noch zu verwundern. Der schwarz-weiß gekachelte Fußboden war an einigen Stellen eingebrochen. Helen hatte bei ihrem Einzug überlegt, wie die Löcher entstehen konnten, und war zum Schluss gekommen, dass jemand mit dem Hammer auf die Kacheln eingeschlagen haben musste. Aber Maulbeer schien keine Notiz davon zu nehmen, setzte sich nonchalant auf den Rand der Badewanne und sah ihr zu, wie sie den Espressokocher aufschraubte. Während sie den Kaffee kochte, erklärte sie ihm, wie sie das letzte halbe Jahr als Aufseherin in einem Museum gearbeitet und dabei so sparsam wie nur irgend möglich gelebt habe und sich jetzt deshalb wieder einige Monate ausschließlich ihrer Malerei widmen könne. Er nickte: „Es ist wichtig, dass Sie in Ruhe malen können. Wenigstens trampelt Ihnen hier niemand auf dem Kopf herum. Es ist immer ein Vorteil, zuoberst in einem Haus zu wohnen."

„Sie haben recht", sagte sie, „hier kommt keiner hoch, um mich zu stören." Sie verschwieg ihm, dass sich Nachbarn regelmäßig über den penetranten Geruch von Ölfarbe im Treppenhaus beschwerten, weshalb sie jetzt immer die Fenster offen halten musste, auch im Winter.

Helen trank den Espresso schwarz und ungesüßt mit einem Schluck. Den bitteren Geschmack noch im Mund, gab sie sich einen Ruck. Sie musste ihn endlich fragen, was er von ihren Portraits hielt, ob er sie an einer Gruppenausstellung teilnehmen lassen würde. Doch bevor sie etwas sagen konnte, erklärte Maulbeer mit seiner ruhigen, klaren Stimme, dass er überrascht sei, wie viel sie schon gemalt habe, und er sie gerne in einer Einzelausstellung in seiner Galerie vorstellen würde. Erst nachdem Maulbeer sich verabschiedet hatte, merkte Helen, wie weich ihre Knie waren. Eine Einzelausstellung. Damit hatte sie nicht gerechnet. Sie ging in das Atelier zurück. Dort, zuvorderst an die Wand gelehnt, stand das Portrait, mit dem sie Maulbeers Aufmerksamkeit auf sich gezogen hatte.

Lucille starrte ihr aus zwei hohlen Augenhöhlen entgegen. Es war nicht mehr der Zustand zwischen Schlaf und Wachsein, vielmehr zeigte das Bild ein fortgeschrittenes Stadium ihrer Auflösung. Auch der Leguan mit seinem Kamm aus hohen Hornzacken kam ihr jetzt noch aggressiver vor. Seine dicke, noppige Haut strotzte vor Kraft. Helen erinnerte sich jetzt, es waren die letzten Striche gewesen, die sie am meisten Mühe kosteten, denn sie wusste schon damals, sie würde nie wieder ein Portrait von Lucille malen. Dieses hier bildete den Schlusspunkt. Wie schnell, wie plötzlich alles beim Äußersten angelangt war! Es war die Krankheit zum Tode, das hatte sie sofort gewusst, die Lucille mit sicherer Hand dorthin führte, wovor sie sich ein Leben lang gefürchtet hatte. Dorthin, wo es keinen Ausweg mehr gab und keinen Trost. Wie zögerlich hatte sie den Pinsel angesetzt, aus Furcht, mit einem falschen Strich den letzten Lebenshauch aus Lucilles Gesicht zu malen. Etwas, das größer und stärker war als ihr Wille, hatte Lucille von innen her aufzufressen begonnen, ihr Gesicht schon beinahe weggewischt und etwas Nackterem Platz gemacht. Die Augen verschwanden in ihren Höhlen, als zögen sie sich langsam von der Welt zurück.

Lucilles Gesicht war durch die Krankheit stetig schmaler geworden, das Haar dünner und die Haut heller und durchlässig, man konnte den Schädel darunter ahnen. Wie verborgen die eigentliche Kopfform bei den meisten Menschen war, dachte Helen, zugedeckt von Haar und Frisur, von Haut und Fett, den Gesichtszügen, die vergessen lassen, dass sich darunter nicht mehr befand als ein paar Knochen, die eine weiche Gehirnmasse zusammenhielten. Sie war erschrocken über die Tatsache, dass die verschiedenen Schädelplatten durch die Knochennaht zusammengehalten wurden. Diese Naht war auf dem Kunststoffschädel genau zu sehen. Der Schädel wirkte dadurch noch zerbrechlicher. Sie erinnerte sich an den Medizinstudenten, der ihr den Steckschädel verkauft hatte. „Das Ding schwimmt in Liquor", hatte er gesagt, während er auf die Stirn des Schädels klopfte, „eine wasserklare Flüssigkeit, die es vor Stößen schützt."

Seither verfolgte Helen der Gedanke, wie sie selbst auch diese Flüssigkeit in ihrem Kopf herumtrug, hinter Schichten von Haut und Knochen, und es waren diese Schichten, die bei Lucille immer dünner geworden waren. Ein schützender Panzer, der allmählich auseinanderbricht.

Aber was Helen noch mehr beunruhigte, war die Vorstellung, dass jede Bewegung, jeder Gedanke und jeder Traum eingeschlossen war in einer weißlichen Masse von der Größe und Form einer Blumenkohlblume. Sie nahm den Schädel jetzt auseinander, zerlegte ihn in seine Einzelteile, Tränenbein, Nasenmuschel, Scheitelbein und dann das Gehirn, die Hypophyse, das Großhirn und den Hirnstamm, alles hatte seinen Namen, seinen Ort und Zweck, und sie fragte sich, wo genau sich in diesem ausgeklügelten System die Angst verbarg, wenn doch alles andere definiert und erklärt werden konnte. Das war die Art von Fragen, die sie nur mit Gabriel besprechen konnte.

„Die Angst sitzt in der Herzgegend“, meinte Gabriel, er war sich da sicher. „Alles Unangenehme hat immer mit dem Herzen zu tun. Es ist das Herz, das einen am Ende umbringt.“ Aber das hatte er gesagt, bevor Lucille krank wurde, und vielleicht war es ja noch viel schlimmer, vielleicht hatte die Angst gar keinen Ort im Körper, sondern war viel perfider, namenlos, war einfach da, überall in einem drin und um einen herum, wie die Luft, die man atmet, jede Sekunde, solange man lebt.

IV

Sobald die Sonne untergegangen war, wurde es schlagartig kalt. Die Heizung funktionierte noch immer nicht, Helen aß ihr Abendessen in ihre Jacke gehüllt. Selbst wenn am Tag die Sonne die Wolkenschicht durchdringen konnte, wehte ein kühler Wind.

„Wo bleibt nur der Sommer“, sagte Joseph immer wieder kopfschüttelnd. „So einen unfreundlichen Sommer habe ich hier noch nie erlebt“, fügte er dann wie entschuldigend hinzu. Aber Helen war das Wetter egal. Sie war bei der Arbeit. Sie legte das Besteck auf den Teller zurück und machte einen Strich in ihr Skizzenbuch. Noch zwei Monate hatte sie vor sich. Ein weiterer Tag war abgearbeitet. Sie blickte auf die helle Fassade der Villa, die langsam in der Abenddämmerung versank.

Auf dem Treppenaufgang blühte jetzt der Oleander in voller Pracht, die scharlachroten und weißen Blüten leuchteten in der Dämmerung. Erst in den letzten Tagen hatten sich alle Blüten geöffnet, aber ihre Schönheit kam ihr wie eine sinnlose Verschwendung vor. Am Anfang war sie sich vorgekommen wie in einem Horst, von dem aus sie beobachten konnte, wer in die Villa hineinging und wer sie verließ. Sie hatte erwartet, Gäste zu sehen. Aber nie kam jemand. Außer ihr und R. hielten sich nur Joseph, der Gärtner und die beiden Zimmermädchen auf dem Grundstück auf, und sie fragte sich, ob die Betten in den Gästezimmern trotzdem regelmäßig frisch bezogen wurden, auch wenn nie jemand in ihnen schlief.

Sie wollte gerade aufstehen und in die Küche gehen, da sah sie plötzlich die Köpfe der beiden Zimmermädchen links neben der Villa auftauchen. Die Frauen kamen den Weg von der Garage hoch. Schon zum dritten Mal sah sie sie jetzt von dort herkommen, und ihr Verdacht erhärtete sich. Wahrscheinlich war es ihnen nicht erlaubt, die Haustür zu benutzen. Heute kamen sie auch besonders spät zurück; sie schienen ununterbrochen zu arbeiten. Wenn Helen morgens aufstand, waren sie bereits drüben im Haus bei der Arbeit. Sie kamen auch nicht nur einmal pro Woche, sondern täglich in Helens Wohnung und wussten genau, wann sie nicht dort war: Denn wenn sie am Abend zurückkam, war alles tadellos sauber und aufgeräumt. Kleider, die sie achtlos auf den Boden geworfen hatte, lagen sorgfältig zusammengefaltet neben der Matratze, und einmal standen sogar frische Blumen auf dem Tisch. Dennoch war es ihr unangenehm, die Frauen in ihrer Abwesenheit in ihrer Wohnung zu wissen. Helen blieb mit dem Teller in der Hand am Fenster stehen. Sie konnte jetzt die Stimmen der beiden hören und das Knirschen von Kies. Ihre weißen Schürzen hoben sich in der Dämmerung deutlich von der Umgebung ab. Sie waren noch jung und trugen beide das schwarze

Haar zu einem Knoten aufgesteckt. Helen ging in die Küche. Kurz darauf hörte sie die Tür unten ins Schloss fallen und eine Minute später eine Wasserleitung. Sie war froh um diese Geräusche. Auch wenn sie bisher noch kein einziges Wort mit den Zimmermädchen hatte wechseln können, war es gut zu wissen, dass sie nicht ganz allein im Haus war.

Der Abend dehnte sich wie eine lange Strecke vor ihr aus. Kein Tag verging, an dem sie nicht mit Gabriel telefonierte. Da es in der Wohnung keine einzige bequeme Sitzgelegenheit gab, ging sie zum Telefonieren nach oben und legte sich auf die Matratze, die alt, durchgelegen und viel zu weich war. Am Morgen wachte sie mit Rückenschmerzen auf. Sie sehnte sich nach ihrem Futon zu Hause. Aus der Decke und den Kissen baute sie sich eine Höhle, kroch hinein und rief Gabriel an.

Im Hintergrund lief bei ihm Prokofjew. Sie hörte seine Schritte auf dem Holzfußboden hallen, hörte, wie er sich in den abgewetzten braunen Ledersessel fallen ließ. Wenn er sich bewegte, knarzte das Leder.

„Ich habe heute wieder nachgeschaut, es ist immer noch da." Er meinte das Geld, welches R. überwiesen hatte. Genau die Hälfte des vereinbarten Betrags. „Ich kann noch immer nicht glauben, dass es da ist", sagte er.

Sie redeten darüber, was sie mit dem Geld alles würden machen können. Sie waren sich einig, erst würde jeder von ihnen eine größere Wohnung nehmen. Gabriel wollte endlich einen Übungsraum mieten und sie ein großes Atelier, damit sie Platz hatte und nicht mehr im Geruch der Ölfarbe schlafen musste. Gabriel glaubte, es schade ihrer Gesundheit enorm.

Sie konnte es nicht erwarten, ihr neues, bequemes Leben zu beginnen.

„Wie geht es mit dem Malen?“, fragte er neugierig. Gabriel war begeistert von dem Atelier und wie sie dort arbeitete. Jedes Mal wollte er wieder wissen, wie es dort aussehe. Es war, als ob Helen von einem fernen exotischen Land berichtete.

Ihre Worte waren ein Fenster, das sie für Gabriel öffnete. Er wollte auch wissen, wie es in ihrem Zimmer aussah. „Beschreibe alles, was du um dich herum siehst“, bat er. Aber Helen wollte ihm die kalte Wohnung nicht beschreiben und log ihm stattdessen etwas von großen, lichtdurchfluteten Räumen vor. Sie kroch noch tiefer in ihre aus Decke und Kissen errichtete Höhle hinein, und während sie redete, sah sie Gabriel vor sich, wie er in seinem Sessel saß. Auf dem Dielenboden waren die Notenblätter und Notenbücher sorgfältig aufeinandergelegt. Die Jalousien waren nur zu einem Drittel geöffnet. Am Tag fiel dadurch kaum Licht in den Raum.

„Also“, sagte sie, atmete tief durch und versuchte, sich zu konzentrieren. „Ich liege auf einem Himmelbett. Die Laken riechen nach Lavendel.“

„Das hast du verdient“, sagte Gabriel, „ein königliches Bett für eine Königin!“ Er klang zufrieden.

Helen fütterte ihn wie einen Vogel. Wort für Wort, bis er friedlich und satt war.

„Sobald du mit dem Job fertig bist, wird alles besser", sagte er, bevor er auflegte; es klang wie eine Prophezeiung.

Helen schloss die Augen. Noch lag sie auf einem kalten Dachboden. „Alles wird besser", sie wiederholte diese Worte, murmelte sie vor sich hin, bis sie absank in einen Zustand völliger Gleichgültigkeit und sich der Dunkelheit eines tiefen Schlafs überließ.

Das Portrait machte Fortschritte und wurde von Tag zu Tag klarer. Sie arbeitete inzwischen so konzentriert wie in ihrem eigenen Atelier. Freiwillig wäre sie nie auf die Idee gekommen, R. zu malen. Es war nicht ein Gesicht, das sich aufdrängte, durch sie portraitiert zu werden, und anfangs fand sie seinen Wunsch, sein Portrait von ihr malen zu lassen, im Grunde genommen pathetisch und peinlich. Aber an ihrer Haltung zur Arbeit änderte das nichts.

„Auch die herausragendsten Kunstwerke der Geschichte wären ohne Auftrag niemals entstanden", hatte Gabriel gesagt. „Du solltest es als Herausforderung betrachten." Sie dachte an Goyas Portrait der Königsfamilie Karls IV. Sie hatten es zusammen bei einer Ausstellung spanischer Malerei gesehen. Gabriel gefiel vor allem, wie kritisch und ironisch der Maler die Familie des Königs gesehen hatte. „Die stehen doch völlig orientierungslos in der Gegend herum. Das ist ein totaler Affront gegen den Adel, und sie haben es nicht einmal bemerkt. Schau dir doch nur diese von Inzest und Dekadenz degenerierten Physiognomien an!“ Aber Helen widersprach. „Goya hat sich nicht im Geringsten um eine politische Aussage gekümmert, er malte nur, was er sah. Die Ironie ergibt sich von selbst, da ist keine weitere Motivation dahinter, das wurde nur, wie so oft, nachträglich hineininterpretiert. Goya hat sich nur für die Freiheit der Malerei interessiert, sonst nichts.“

„So etwas zu behaupten ist ignorant“, gab Gabriel empört zurück, und Helen lächelte, während sie sich daran erinnerte, wie sie daraufhin schweigend nach Hause gegangen waren und sich schworen, nie wieder gemeinsam eine Ausstellung zu besuchen. Jetzt vermisste sie es, mit Gabriel zu streiten. Mit R. konnte sie nicht streiten, es wäre unmöglich, seine Ansichten waren schon so festgefahren, und er war so erpicht darauf, sie andauernd von sich zu geben, da verspürte sie nicht einmal mehr das Bedürfnis, den Mund aufzumachen. Der Hintergrund des Bildes war bereits fertig. Ein klaustrophobisch dichtes Blätterwerk in Resedagrün, Laub- und Moostönen. Sie begann, die hohe gewölbte Stirn des Affen zu malen. Sie brauchte R. als Modell erst wieder, wenn der Affe fertig war, und sie freute sich auf die Stunden, in denen sie ihre Ruhe vor ihm hatte, aber R. kam regelmäßig herein, um ihr über die Schulter zu schauen. Sie versuchte, es zu ignorieren, doch jedes Mal, wenn er die Tür öffnete, verkrampfte sie sich. R. behauptete, er käme, weil er keine Phase der Entstehung des Bildes verpassen wolle. Auf Helen wirkte es mehr wie Kontrolle. Das Mittagessen kam immer zur gleichen Zeit. Punkt zwölf Uhr mittags öffnete Joseph die Tür. Er klappte den Campingtisch und den dazu passenden Stuhl auf, die an der Wand lehnten, und richtete das Essen an. Meist ein in der Mikrowelle aufgewärmtes Fertiggericht, das nach nichts schmeckte. Nur selten gab es ein teures, aber nicht mehr ganz frisches Stück Fleisch oder Fisch, was, wie Helen vermutete, der Rest von R.s Mahl vom Vorabend war. Eine halbe Stunde später kam Joseph wieder, um den leeren Teller zu holen. Mit präzisen, schnellen Bewegungen klappte er Tisch und Stuhl wieder zusammen und warf einen kurzen Blick in ihre Richtung, wie um sich zu versichern, dass sie wieder an der Leinwand saß und arbeitete. Es schien ihn dabei nicht im Geringsten zu interessieren, wie sich das Bild entwickelte, er stellte keine Fragen und schaute zu Helens Erstaunen das Bild nicht ein einziges Mal an.

Vielleicht ist er einfach nur zurückhaltend, kam Helen zum Schluss. „Kommen Sie!“, sagte sie aufmunternd, sobald der Affe fertig war. „Schauen Sie sich doch mal das Bild an.“ Doch Joseph schüttelte bedauernd den Kopf: „Es tut mir leid, Madame, ich habe wirklich keine Zeit. Es gibt noch so viel zu erledigen!“, stellte den Teller auf den Tisch, wünschte einen guten Appetit und verließ höflich lächelnd, aber ohne ihr in die Augen zu schauen, schnell das Atelier.

Am Tag, an dem R. wieder Modell saß, war er ungewöhnlich still. Und obwohl die Stille eine Wohltat war, stutzte Helen plötzlich und blickte auf. „Alles in Ordnung?“, fragte sie. R. saß reglos auf dem Stuhl, die Arme vor der Brust verschränkt. Erst jetzt bemerkte sie die dunklen Ringe unter seinen Augen. Er wirkte müde und abgespannt und schüttelte langsam den Kopf.

„Ich konnte die ganze Nacht nicht schlafen“, antwortete er schließlich. Sie blickte ihn fragend an. Er beugte sich vor, aber es schien ihn einige Mühe zu kosten, weiterzureden.

„Ich wälzte mich im Bett hin und her, weil ich immerzu an dieses Erlebnis denken musste!“

Er stockte. Helen nickte ihm zu, damit er fortfahre.

„Vor langer Zeit, als ich noch jung war“ – er lächelte dabei gequält –, „wollte ich Künstler werden. Alles habe ich versucht, um in die Kunstakademie aufgenommen zu werden, aber ich bin durch die Prüfung gefallen, immer wieder. Ich wollte es so sehr und bekam doch keine Chance. Schließlich wurde ich nicht einmal mehr zu der Prüfung zugelassen.“ Helen bemerkte, wie sein Oberkörper mit jedem Satz etwas mehr nach vorn kippte. Er sank in sich zusammen wie eine langsam schmelzende

Wachsfigur. Seine Stimme wurde brüchig und der Ton höher, sein Hals schien sich zu verengen, und er presste mit aller Kraft den Atem durch die Luftröhre. Dann kam das Unvermeidliche: Tränen. Auf beiden Seiten rollten sie die Wangen hinunter. Helen starrte erschrocken auf den weinenden alten Mann. „Schon gut“, sagte sie, aber es klang unsicher, und schnell fügte sie in beinahe mütterlichem Ton hinzu: „Beruhigen Sie sich. Wir brechen die Sitzung für heute ab.“

Sie führte ihn aus dem Atelier, indem sie ihn vorsichtig am Ellbogen festhielt. In diesem Moment tat er ihr leid, so einsam und verloren in seiner monströsen Villa, eingesperrt in den eigens für ihn errichteten Mauern. Kopfschüttelnd ging sie zurück ins Atelier, wusch die Pinsel mit Terpentin sauber und schraubte die Deckel auf die Farbtuben.

Seit Jahrzehnten wird es in dieser Villa geisterhaft still gewesen sein, dachte sie. Nie wurde hier gelacht und getanzt. Nur die Zimmermädchen kommen ab und zu, um mit einem Staubwedel über nutzlose, kostbare Oberflächen zu wischen.

Zum ersten Mal empfand sie Mitleid mit ihm. Helen löschte das Licht und wollte gerade gehen, da bemerkte sie, dass R. im Türrahmen stand. Sie fuhr vor Schreck zusammen. War er zurückgekommen, oder hatte er sie die ganze Zeit über beobachtet? Sie kam nicht umhin zu denken, er habe sie absichtlich im Glauben gelassen, allein zu sein.

„Sie haben mich erschreckt!“, sagte sie gereizt.

„Entschuldigen Sie, aber bitte gehen Sie jetzt noch nicht.“ Es überraschte sie, wie gefasst er plötzlich wieder war. Sein Zusammenbruch während der Sitzung, der sie so gerührt hatte, kam ihr sofort übertrieben und launisch vor. „Ich möchte Ihnen etwas zeigen“, fuhr er in fast vertraulichem Ton fort. Sie folgte ihm die Treppe hinunter durch das Kaminzimmer in die Bibliothek. Sie war beeindruckt von der Menge der Bücher, alle vier Wände waren bis zur Decke vollgestellt.

„Sie haben aber viele Bücher“, sagte sie, „haben Sie alle gelesen?“

R. schüttelte enttäuscht den Kopf.

„Leider kann ich sie nicht lesen.“

Verständnislos blickte sie ihn an.

„Ich leide an einer schweren Dyslexie“, erklärte er. „Ich kann nicht einmal eine Zeitung lesen, ich verstehe kein Wort.“

„Aber wozu all die Bücher, wenn Sie sie nicht lesen können?“

Er senkte den Kopf.

„Sie sind schön anzusehen, und sie beruhigen mich“, sagte er. „Ich blättere darin und schaue mir die Bildbände an.“ Er blickte verlegen auf den Boden, und nach einer Pause fügte er hinzu: „Sie wissen ja, mein größter Wunsch war es immer, schreiben zu können, ein Buch, oder zu malen, Bilder, so wie Sie.“

Helen nickte.

„Kommen Sie!“, sagte er plötzlich, um das betretene Schweigen zu brechen. „Ich wollte Ihnen doch etwas zeigen.“

Auf einem langen Tisch aus massivem Holz lagen ausgerollt die Baupläne der Villa. „Sehen Sie“, sagte er, „alles selbst gezeichnet.“ Auf einem transparenten Planpapier war der Grundriss der Villa zu sehen. Zwei Strichmännchen neben den Säulen in der Eingangshalle zeigten die Größenverhältnisse an. Sie waren winzig.

„Sie haben die Villa entworfen?“, fragte Helen erstaunt. „Das gerade nicht“, gab er zu. „Aber perfekt kopiert“, und er kicherte dabei wie ein kleines Kind, dem ein guter Streich gelungen ist. Aus der Schublade zog er ein großes Schwarzweißfoto einer alten Villa hervor, die der seinen aufs Haar glich. Aber die Villa auf dem Bild, umgeben von alten Bäumen, wirkte ausgewogen und harmonisch, die Fassade wie ein in sich ruhendes Gesicht. Eine libanesische Zeder hielt ihre weit ausgestreckten Zweige wie eine schützende Hand über das Dach.

„Wo steht dieses Haus?“, fragte Helen interessiert. Sie fühlte sich dazu hingezogen. Unwirsch nahm ihr R. das Foto aus den Händen, er ignorierte ihre Frage.

Es war eindeutig dieselbe Architektur, und doch war es erstaunlich, wie anders das Original dastand, obwohl doch die Proportionen und jedes Detail mit der Kopie übereinstimmten. Nicht annähernd hatte R.s Villa die Ausstrahlung und Anziehungskraft des Vorbilds. Vielleicht lag es nur an den Jahren, überlegte Helen, kein Wind war hier einige Menschenleben lang um die Mauern gepfiffen, kein Sturm hatte je an den Säulen gezerrt. R.s Villa war verglichen mit der auf der Fotografie eine Kulisse, eine Attrappe, ein zusammenklappbares Theaterrequisit, aber kein bewohntes Haus. Doch Helen ließ sich nichts anmerken.

„Das ist ja wunderbar, wirklich kein Unterschied zum Original", log sie, R. nickte zufrieden. „Ja, es ist fantastisch. Diese Mauern hier werden noch stehen, wenn ich schon längst tot bin", sagte er und zeigte ihr ein weiteres Foto, er vor dem Neubau seiner Villa posierend. Den Arm an eine Säule gestützt, den rechten Fuß angewinkelt, wie ein Jäger vor seiner erlegten Beute, mit stolzgeschwellter Brust schaute er triumphierend in die Kamera. Die Säule, vor der er posierte, schien eine Verlängerung seiner selbst zu sein, und die Fassade hinter ihm sein riesiger Rücken, der sich nie krümmen und umfallen würde, der aufrecht stehen bleiben und seine Initialen tragen würde auf immer und ewig.

Mitten in diesen Gedanken rollte F. den Bauplan plötzlich wieder zusammen und wandte sich abrupt ab.

„Wir sehen uns dann morgen", sagte er schroff. „Gute Nacht." Helen blieb noch ein paar Sekunden unschlüssig stehen. „Ja, bis morgen", sagte sie schließlich auch und ging zögernd zur Tür. Sie schaute noch einmal über ihre Schulter zurück, als würde sie darauf warten, dass er sie zurückholte, sie noch miteinander sprechen würden. Aber er schien sie nicht mehr hören zu wollen. Er saß am Tisch, der viel zu hoch war. Seine Füße baumelten in der Luft.

Der mächtige Tisch aus Eichenholz füllte beinahe die Hälfte des riesigen Raumes. Seine Beine standen auf goldenen Löwenfüßen. Es hätte der Tisch eines großen Industriellen sein können. Aber für R. war der Tisch viel zu hoch, und er musste zwei Kissen auf den Stuhl legen, um bequem die Tischplatte erreichen zu können. Sein Körper war auf groteske Art gestreckt; die Füße versuchten vergeblich, den Boden zu erreichen, sie baumelten mit den Slippern in der Luft.

Sie wusste sofort, von wem der Brief war, als sie an diesem Abend die Tür zu ihrer Wohnung öffnete. Jemand hatte ihr das große Kuvert unter der Tür durchgeschoben. Sie erkannte Gabriels Schrift, die großen, geschwungenen Buchstaben in schwarzer Tinte. Darin war eine Farbkopie, auf der ein Post-it klebte: „Zur Inspiration". Helen lachte auf; es war das Bild *The Queen of Tunis* von Quentin Massys, eine der ersten Karikaturen in der Geschichte der Kunst. Unverstellt und erbarmungslos die Hässlichkeit des Gesichtes, die abstehenden Ohren, die breiten Nasenlöcher, die nach innen gezogenen, schrumpligen Lippen, die mehr an den After einer Katze als an einen menschlichen Mund erinnerten, die hängenden, von tiefen Furchen durchzogenen Wangen, all das gab einen abstoßenden Eindruck dieser Frau, und wenn ihr nicht ein üppiger Busen auf geradezu absurde Weise aus dem Mieder gequollen wäre, wäre es unmöglich gewesen zu erkennen, ob es sich bei der abgebildeten Person um einen Mann oder eine Frau handelte. Außerordentliche Hässlichkeit ist eine Kategorie jenseits der Geschlechter und wie außerordentliche Schönheit von großer Faszinationskraft. Doch die völlig vertrocknete, mickrige Rosenknospe, die die Queen of Tunis zwischen ihren Fingern hielt, legte die menschliche Eitelkeit auf diesem Bild auf grausame Weise offen, und Helen überlegte, wie viele Menschen eigentlich genau so aussehen müssten, würde sich ihr Inneres entsprechend auf ihrem Gesicht widerspiegeln.

Der mitleidlose, genaue Strich weckte Helens Aufmerksamkeit. Gabriel hatte ihr das Bild geschickt, um sie etwas aufzuheitern, aber es löste in ihr vielmehr den Wunsch aus, selbst so zeichnen zu können.

Von da an nahm sie an ihren einsamen Abenden ihr Skizzenbuch und machte Karikaturen von R. Sie zeichnete sein Gesicht mit hartem Strich und aus allen möglichen Perspektiven, und da die Physiognomie von Natur aus unausgewogen war, ergab sich die Karikatur beinahe von selbst. R. hatte einen schmalen Oberkörper, unter seinen T-Shirts zeichneten sich kleine Brüste ab, die ihn fast weiblich wirken ließen. Helen betrachtete R. plötzlich doppelt, einerseits das Typische im Hinblick auf das Portrait und andererseits das Wesentliche für die Karikatur. Während sie tagsüber malte, musste sie an die Zeichnungen denken und was sie daran ändern wollte. Sie kam sich vor wie eine Spionin, die ein Doppelleben führt.

Die Tage verliefen gleichförmig, und die Abende verbrachte Helen immer allein. Wenn sie sich zum Abendessen hinsetzte, sah sie manchmal R., wie er mit dem Wagen wegfuhr. Sie hätte viel darum gegeben, wenn er sie wenigstens einmal für ein Abendessen in die Stadt mitgenommen hätte.

Wenn Joseph kam, um ihre Liste zu holen, war es eine willkommene Abwechslung. Gerne hätte sie etwas über ihn erfahren, gefragt, wo er herkam und wie lange er schon für R. arbeitete. Doch jedes Mal, wenn sie versuchte, mit ihm ins Gespräch zu kommen, wich er aus. Er kam nur die Liste zu holen, erfüllte seine Aufgabe. Wenn sie mit ihm sprach, schien er an ihr vorbeizuschauen. Einmal fragte sie ihn, ob sie ein Buch aus R.s Bibliothek ausleihen könne.

„Ich werde Ihren Wunsch unterbreiten", meinte er. „Aber ich kann Ihnen nichts versprechen."

Am nächsten Abend kam er, ihr mitzuteilen, dass sie die Bibliothek nicht benutzen dürfe.

„Aber warum denn nicht? Ich gebe das Buch ja zurück", sagte sie verständnislos.

„Darum geht es nicht", antwortete Joseph ruhig,

aber bestimmt, in dem Ton, in dem man mit einem Kind spricht. „Ich kann Ihnen nicht mehr dazu sagen.“ In diesem Moment wurde ihr klar, dass er ihr nie einen Gefallen erweisen würde. Er führte nur fraglos aus, was R. ihm auftrug. Etwas Abstoßendes sah sie jetzt ihn ihm und hinter seiner Höflichkeit rohe Kälte. Vielleicht war er auch bloß dumm, dachte sie, manipulierbar und gefährlich. Verärgert stellte Helen R. am nächsten Tag bei der Sitzung zur Rede. Er beugte sich auf seinem Stuhl etwas nach vorne. „Joseph hat mir von Ihrem Wunsch berichtet, aber ich bin der Meinung, es ist besser, wenn Sie im Moment keine Bücher lesen. Auch keine Zeitungen. Sie sollten jede Ablenkung vermeiden. Denken Sie nur an das Portrait.“

Am folgenden Abend, während Helen niedergeschlagen und lustlos mit der Gabel in einem Teller mit Ravioli herumstocherte und an die Bibliothek dachte, an die vielen Bücher, die jetzt für sie genauso unerreichbar waren wie für ihn, horchte sie plötzlich auf. Sie hörte Gesang, eine helle klare Stimme, die fernen Klänge einer Melodie. Wie lange hatte sie schon keine Musik mehr gehört. Sie lauschte angestrengt. Es klang blechern nach Radiomusik. Sie kam von unten, aus der Wohnung der Zimmermädchen. In dem Moment sah sie Joseph, wie er, fein zurechtgemacht, über den Rasen auf das Haus zukam. Er balancierte etwas in der Hand, eine Tortenschachtel mit einer rosa Schlaufe.

Die Tür ging auf, die Musik drang jetzt deutlich zu ihr hoch, Stimmen, fröhliche Begrüßung, eines der Zimmermädchen lachte. Sobald sich die Tür schloss, verstummten ihre Stimmen, und sie hörte nur noch die leisen Bruchstücke der Musik. Der Gedanke, dass Joseph und die Zimmermädchen befreundet waren, ja, sich sogar regelmäßig trafen, schmerzte sie. Helen versuchte zu zeichnen, aber an diesem Abend gelang es ihr nicht, sich zu konzentrieren. Sie biss an ihrem Bleistift herum, warum nur waren sie nicht auf die Idee gekommen, sie zu fragen, ob sie sich zu ihnen gesellen wolle? Sahen sie denn nicht, dass sie jeden Abend ganz alleine war?

In der siebten Woche geschah etwas, das Helen zutiefst beunruhigte. Das Ereignis verfolgte sie, bis in die frühen Morgenstunden warf sie sich auf der Matratze hin und her. Später bedauerte sie, ihn nicht sofort selbst getötet zu haben. Mit einem einzigen schnellen Schritt hätte sie ihn erlösen können. Erstaunlich, wie leicht ein Leben von einer Sekunde auf die andere vernichtet werden konnte. Aber sie hatte es nicht getan. Einem Instinkt folgend, hatte sie sich niedergekniet und schützend den Vogel in die Hand genommen, der lebensunfähig mit einem gebrochenen Flügel vor ihr im Gras zuckte. Wie warm er war und wie leicht. Verzweifelt versuchte er mit aller Kraft, sich zu befreien, aber er konnte nur noch den rechten Flügel bewegen. Im Brustkorb pulsierte es heftig. Er gab hohe, piepsende Laute von sich. Mit der Fingerkuppe spürte Helen das winzige, in Panik schlagende Vogelherz.

Sie war auf dem Weg in ihr Haus, was konnte sie bloß mit dem Vogel machen? Er würde ohne Zweifel sterben. Vielleicht konnte R. helfen? Konnte man den Vogel zu einem Arzt bringen und ihn retten? Sie ging zurück zur Villa und läutete an der Tür. Die Kamera zoomte auf sie, und kurz darauf öffnete R. die Tür.

„Der Vogel lag im Gras", sagte sie und streckte ihm die Hand mit dem verletzten Vogel entgegen, „er hat einen Flügel gebrochen."

Verständnislos schaute R. erst auf sie, dann auf den Vogel.

„Warum um Gottes willen lassen Sie ihn nicht einfach liegen?"

Wieder hörte sie diesen verärgerten, ja geradezu bösartigen Ton in seiner Stimme.

„Ich weiß nicht, ich ... ich dachte nur, wir könnten ihm irgendwie helfen", stammelte sie, erschrocken über die schroffe Reaktion.

„Ach was, helfen, einem Vogel ist nicht zu helfen!", sagte er abschätzig. Helen trat einen Schritt zurück. Plötzlich nahm er ihr den Vogel aus der Hand und umschloss ihn langsam mit seinen Fingern, formte mit seiner Hand eine Faust, in der der Vogel gefangen war. Der rechte Flügel flatterte verzweifelt, der kleine Kopf versuchte, in der Lücke zwischen zwei Fingern durchzustoßen, aber R. ballte seine Hand nur noch fester zusammen. Sie konnte sehen, wie seine Finger, fleischige Gitterstäbe, den kleinen Vogelkörper zusammendrückten. Helen schrie auf. „Lassen Sie ihn sofort los! Was machen Sie denn?“ Sie glaubte, er würde ihn zu Tode drücken. In Gedanken sah sie schon vor sich, wie die winzigen Organe des Vogels in seiner Faust langsam zerquetscht wurden.

„Ich zeige Ihnen ganz genau, was ich mache“, sagte R., drehte sich auf dem Absatz um und ging mit zielgerichteten Schritten durch die Eingangshalle und das Kaminzimmer auf die Veranda. Noch bevor sie begriff, was vor sich ging, warf er mit einer weit ausholenden Bewegung den Vogel auf den Rasen, und ohne zu zögern sprang Tiara aus dem Korbsessel und stürzte sich auf ihn. Sie verbiss sich in ihn, warf ihn dann mehrfach in die Luft und fing ihn mit den Krallen wieder auf. „Sie wird ihn töten“, sagte er in dem nüchternen Ton, in dem ein Arzt eine Diagnose stellt. „Die Natur erledigt solche Dinge von selbst.“

Am selben Abend klopfte Helen zum ersten Mal an die Tür der Zimmermädchen. Sie hielt ein leeres Glas vor sich und gab vor, etwas Milch borgen zu wollen. In Wahrheit war es ihr unerträglich, allein in der Wohnung zu sein. Sie hatte sich dabei ertappt, wie sie, am Tisch sitzend, den Zeichenstift unbeweglich und wie festgefroren in ihrer Hand, auf das leere Blatt starrte.

Fast sehnsüchtig hatte sie darauf gewartet, dass

die Zimmermädchen nach Hause kamen. Sie sah sie den Weg von der Garage hochkommen, die Köpfe dicht nebeneinander, und Helen beneidete sie, weil sie zusammen waren und miteinander reden konnten. Sie klopfte an die Tür, erst leise und wie beschämt dann etwas lauter. Kurz darauf öffnete eine der Frauen die Tür. Helen blickte in ein weißes Gesicht. Die junge Frau schien nicht im Geringsten überrascht, sie zu sehen, doch sie zog sie schnell in die Wohnung und schloss die Tür. Sie lächelte, ihre Lippen waren blass und konturlos. „Kommen Sie“, sagte sie leise, ein ausländischer Akzent, den Helen nicht zuordnen konnte. „Kommen Sie nur herein.“ Die andere Frau stand vom Tisch auf, ging eilig zum Fenster und zog die Vorhänge zu. Helen sah sofort, dass die beiden Schwestern waren.

„Entschuldigen Sie, aber ich wollte nur fragen, ob Sie vielleicht etwas Milch für mich haben?“ Die Frau, die die Vorhänge zugezogen hatte, nahm ihr das Glas aus der Hand und verschwand damit in der Küche. Sie war kleiner als ihre Schwester und trug noch immer ihre Arbeitsschürze. Das Wohnzimmer war mit einem bequemen Sofa und einem Fernseher ausgestattet. Es überraschte sie, wie wohnlich es hier war. Ein Rest von Josephs Torte stand auf dem Tisch unter einem Tortenglas. Wahrscheinlich hatten sie Geburtstag gefeiert, dachte Helen. Es war warm im Zimmer und roch angenehm nach frischen Blumen. „Bitte verstehen Sie“, sagte die erste Frau, „wir dürfen keinen Kontakt mit Ihnen haben."

„Wie bitte? Wer sagt das?", Helen horchte auf.

„Wir dürfen keinen Kontakt mit den Gästen haben."

„Ja, wir sollen sogar nicht einmal mit Ihnen reden!", rief die Schwester aus der Küche. „Es steht im Vertrag."

„Ich bin eigentlich kein Gast", gab Helen schnell zurück. „Ich arbeite hier und habe auch einen Vertrag."

Aber die Frau schüttelte den Kopf. Die zweite kam aus der Küche zurück und streckte ihr das Glas mit der Milch hin. „Hier", sagte sie trocken, „ich hoffe, das genügt."

Helen nickte. Die Schwestern standen jetzt beide schweigend vor ihr, darauf wartend, dass sie wieder gehen würde, zurück in ihre eigene Wohnung. Helen zögerte, insgeheim hatte sie nicht mit einer solchen Abweisung gerechnet, vielmehr hatte sie gehofft, den Abend zu dritt zu verbringen. Sie musste ihnen die Geschichte mit dem Vogel erzählen.

„Arbeiten Sie schon lange hier?", fragte sie, um Zeit zu gewinnen, vielleicht konnte sie ihnen etwas entlocken und doch noch in ein Gespräch kommen. Aber die Schwestern bildeten eine undurchdringliche Wand vor ihr, und ihre Gesichter wurden härter.

„Wir arbeiten schon länger hier", sagte die erste

ungeduldig, während die zweite zur Tür ging und sie öffnete, damit sie endlich ging.

Helen kam sich vor wie ein Eindringling, beschämt verabschiedete sie sich.

Das Glas war bis zum Rand mit Milch gefüllt und drohte bei jedem Schritt überzuschwappen. Kaum in ihrer Wohnung angekommen, leerte sie es ins Waschbecken. Sie sah, dass die Milch nicht mehr frisch gewesen war.

Die Kerze auf Pablo Fernandez' Bild brannte unaufhörlich. Obwohl sie das Bild noch immer aus tiefstem Herzen verabscheute, tröstete es sie jetzt. Das Lebenszeichen eines Menschen, der vor ihr hier auf diesem Grundstück war, vielleicht sogar in diesem Zimmer und hier gewartet und gelitten hatte, so wie sie jetzt. Was immer es gewesen war, was ihn dazu brachte, sich halbverhungert in seinem Atelier zu erschießen, Helen wusste plötzlich, R. war, wenn nicht ganz, so doch auf gewisse Weise für seinen Tod verantwortlich. Hatten die Zimmermädchen ihn gekannt? Wollten sie nicht mir ihr reden, weil sie wussten, was mit ihm geschehen war? In diesem Moment schwor sie sich, nicht unterzugehen wie ihr Vorgänger, sondern durchzuhalten, egal was kommen würde, und hier auszuharren bis zum letzten Tag.

V

Die Vernissage fand an einem warmen Tag im Spätsommer statt, ihr großer Tag. Helen und Gabriel waren zu früh gekommen und umkreisten die Galerie Maulbeer in einem immer enger werdenden Bogen. Neben dem Brunnen warteten sie und beobachteten, wer in die Galerie hineinging. Gabriel zündete sich eine Zigarette an und zählte die Besucher. Sie kannten niemanden. Helen hatte zwar ein paar ehemaligen Mitstudentinnen aus der Kunstakademie Einladungen geschickt, aber keine von denen schien Notiz davon genommen zu haben. In der Akademie hatte sie mit niemandem besonders engen Umgang gehabt, aber es gab immer ein paar Studentinnen, mit denen sie sich austauschen konnte, mit denen sie gelegentlich ins Kino gegangen war oder in eine Ausstellung und mit denen sie sich auch nach dem Abschluss der Ausbildung noch traf. Die meisten von ihnen hatten die freie Künstlerlaufbahn schon schnell aufgegeben, unterrichteten inzwischen Zeichnen oder Kunst in Mittelschulen, andere waren verheiratet. Wenn einmal bei ihnen von der Galerie Maulbeer die Rede gewesen war, dann immer mit einem Ton der Hochachtung. Helen hatte sich vorgestellt, wie die anderen sich, sobald sie die Einladung der Galerie Maulbeer zu ihrer ersten großen Einzelausstellung erhielten, sofort anriefen, ihr dann gemeinsam zu dem Erfolg gratulierten. Jetzt im Nachhinein war es ihr peinlich, die Einladungen überhaupt verschickt zu haben. Offensichtlich hatten sie sich dafür entschieden, nichts mehr mit ihr zu tun haben zu wollen. Sie hätte es wissen müssen, sie würden ihr einen solchen Erfolg niemals verzeihen. Die Ausstellung bildete zwischen ihnen auf einen Schlag eine unüberbrückbare Kluft.

„Komm“, sagte Gabriel aufmunternd und zog sie am Arm, „gehen wir jetzt hinein.“ Die Galerie war bereits gut gefüllt. Es kam ihr alles unwirklich und fremd vor, ihre eigenen Bilder an diesen Wänden, die vielen Menschen, die wegen ihr gekommen waren. Sofia Maulbeer umarmte sie beide. Ihr Haar roch nach Honig und etwas Karamellisiertem.

„Wir haben bereits ein Bild verkauft“, sagte sie strahlend zur Begrüßung. „Ein guter Start!“ Sie drückte Helen an sich. Sie begegnete ihr mit einer Selbstverständlichkeit und Offenheit, als wären sie schon lange befreundet. Wie oft hatte sie Sofia hinter den Bücherregalen hervor beobachtet, und jetzt, im Nachhinein, schien es nur eine Frage der Zeit gewesen zu sein, dass sie sich näherkamen. Nie wieder würde sie in die Galerie kommen können, so wie sie es gewohnt war, und ungestört in den Büchern stöbern. Sie gehörte jetzt zur Galerie, war ein Teil von Adrian und Sofia Maulbeers Welt, und nur zu gerne tauschte sie ihre ehemaligen Freundinnen gegen die beiden ein. Es war ein Haus, in dem es genügend Platz gab, sich bequem einzurichten.

Sofia stellte ihr einen Journalisten vor, jemand Einflussreichen, wie sie mit einem Augenzwinkern sagte, der, noch bevor sie überhaupt etwas sagen konnte, ein Foto von ihr machte. Gabriel nickte ihr vom Buffet aufmunternd zu. Der Journalist schoss seine Fragen auf sie ab. Er hatte keinerlei Fingerspitzengefühl für die Distanz, die ein Fremder einem anderen höflicherweise einräumt. Er rückte mit seinem Körper so in ihre Nähe, dass Helen fast erstickte. Unmöglich, seinem schlechten Atem zu entkommen. Gegen die Wand gedrückt, versuchte sie vergeblich, den Kopf etwas zur Seite zu drehen, damit sein Atem nicht direkt in ihre Richtung strömte, aber er blieb hartnäckig, und auf jede Antwort, die sie gab, stellte er gleich zwei neue Fragen. Seine kleinen grünen Augen bohrten sich dabei in die ihren, als glaube er ihr kein einziges Wort.

„Sie sind so jung. Wann und warum haben Sie angefangen zu malen?"

„Ich habe immer schon gemalt. Warum? Ich weiß nicht. Es ist ein Bedürfnis."

Sein Atem roch faulig, als wäre hinter seinen Lippen etwas gestorben.

„Ich kann es nicht erklären."

Sie drückte jetzt den Kopf gegen die Wand. Sie konnte nicht entweichen.

„Warum aber malen Sie Portraits, ist das nicht etwas aus der Mode, im Zeitalter von digitaler Fotografie? Interessieren Sie sich nicht für elektronische Medien? Und warum Tiere? Warum kommen auf jedem Bild Tiere vor?“ Er sagte das Wort „Tiere“, wie wenn es sich dabei um etwas vollkommen Irrelevantes handle, dem seine Aufmerksamkeit zu schenken keinem vernünftigen Menschen einfallen würde.

Helen hielt die Hand vor den Mund und schluckte. Ihr war schlecht. Mit offenem Mund wartete er auf ihre Antwort. Sie sah direkt in seinen Rachen. Die Schneidezähne schienen längere Zeit nicht mehr mit einer Zahnbürste in Kontakt gekommen zu sein. Ein dicker gelber Belag hatte sich dort gebildet, ein Mund wie das Abbild eines schlechten Lebens. Sie konnte alle die Zigaretten sehen, den Alkohol, der durch ihn geflossen war, sie atmete schlechte Luft und durchzechte Nächte. Seine Augen verengten sich, und der Blick wurde härter. Sie sah jetzt auf seinen Kugelschreiber aus blauem Plastik, von dem etwas Erbärmliches und Bemitleidenswertes ausging – sie stellte sich vor, wie er ihn verbilligt im Zehnerpack im Supermarkt gekauft hatte; wahrscheinlich lagen in seiner ganzen Wohnung diese Kugelschreiber herum, und es machte es noch schlimmer, dass er mit diesem elenden Kugelschreiber jetzt ungeduldig gegen sein Notizbüchlein klopfte. „Komm, red schon“, schien er ihr sagen zu wollen, „mach endlich deinen verdammten Mund auf und gib mir ein Stichwort, mit dem ich etwas anfangen kann!“ Aber sie schwieg, sie wusste, es spielte keine Rolle, ob sie etwas sagte oder nicht. In diesem Moment kam Maulbeer zu ihnen herüber, legte die Hand auf die Schulter des Journalisten und zog ihn mit sich fort.

Erleichtert sah sie ihnen nach, wie sie in der Menge verschwanden. In der Zwischenzeit waren noch mehr Leute gekommen, die Räume der Galerie waren dicht gefüllt, es wurde geraucht, die Stimmen wurden zunehmend lauter, Gläser klirrten. Jemand trat ihr auf die Füße, murmelte eine Entschuldigung, während er, zwei Champagnergläser vor sich her balancierend, an ihr vorbeidrängte. Helen wich zur Seite, und einen Moment lang stand sie verwirrt etwas abseits neben dem Eingang und starrte auf die in angeregte Gespräche vertieften Gäste.

Am Tag zuvor waren ihre Bilder noch in der Dunkelheit ihres Ateliers verborgen gewesen. Die Portraits, mit denen sie in den letzten Jahren gelebt hatte und mit denen sie derart verbunden war, als wären sie ein Teil ihres Körpers, ihres Wesens; jetzt waren die Bilder plötzlich öffentlich an die Wand genagelt und für jeden sichtbar. Die Portraits von Lucille: Fast kam es ihr vor wie ein gewalttätiger Akt gegenüber Lucille, sie so ins Rampenlicht gestellt zu haben. Besonders jene Bilder, in denen sie von der Krankheit gezeichnet war, ohne Schutz, jetzt allen Augen wie zum Fraß vorgeworfen. Ihr schauderte, und mit Widerwillen sah sie, wie der Journalist plötzlich an eines der Gemälde heranschlich und mit einem surrenden, gefräßigen Geräusch den Zoom der Kamera einstellte. Es lag etwas Aggressives und Besitzergreifendes darin, wie er sich mit der Kamera des Bildes bemächtigte und es abknipste. Es war ihr, als würde im Moment der Aufnahme das grelle Blitzlicht das Bild zerstören und verändern.

„Es läuft ganz wunderbar“, rief Adrian ihr fröhlich zu und klopfte ihr auf die Schulter. „Wir haben bereits vier Bilder verkauft!“

Es war das erste Mal in ihrem Leben, dass sie ein Bild verkaufte.

„Welche?“, fragte sie sofort und war plötzlich unsicher. Obwohl sie das Geld dringend brauchte, schmerzte es sie, die Bilder nicht mehr bei sich zu haben. Unter den verkauften Bildern war auch jenes, das sie zuletzt von Lucille gemalt hatte.

Lächelnd schüttelte sie die Hände wildfremder Menschen, die ihr gratulierten und neugierige Fragen stellten.

„Wie haben Sie es nur geschafft, hier reinzukommen? In Ihrem Alter eine ziemlich seltene Leistung.“ Ein Mann Mitte dreißig stellte sich vor ihr auf und wies auf die Bilder, als handle es sich hierbei um ein massives Missverständnis. Er trug ein kariertes Hemd und Stiefel, an deren Sohlen dicke Brocken von Erde klebten. Sie stellte sich vor, wie er eben noch durch den Wald marschiert war. Er roch nach Terpentin, und an den Fingernägeln klebte grüne Farbe.

„Ich habe meine Mappe an alle Galerien geschickt. Erfolglos. Ich male mindestens schon zehn Jahre länger als Sie!“, zischte er. Sein Atem roch nach Wein. Helen wich zurück.

„Es tut mir leid für Sie“, sagte sie und wollte noch hinzufügen: „Das ist doch nicht meine Schuld.“ Aber es war schon zu spät. Er schaute auf eines der Portraits, tippte sich wild an die Stirn, als ob die Welt eine einzige unerträgliche Beleidigung wäre, und stürmte dann hinaus.

Hinter ihr hörte sie ein älteres Paar tuscheln: „Glaube mir, sie wird so schnell wieder von der Bildfläche verschwinden, wie sie aufgetaucht ist. Ich möchte nur wissen, wie sie Adrian Maulbeer dazu gebracht hat, diese abscheulichen Portraits auszustellen.“ Das Paar ging kopfschüttelnd und mit angewidertem Gesichtsausdruck von Bild zu Bild. Aber bevor sie die Galerie verließen, schüttelten sie Adrian Maulbeer mit freundlichsten Mienen noch die Hand und bedankten sich überschwänglich für die Einladung.

In einer Gruppe von etwa zehn folgten Helen und Gabriel Adrian Maulbeer nach der Vernissage noch in ein nahe gelegenes Restaurant, um den Erfolg zu feiern, denn ein Erfolg war die Eröffnung zweifellos, auch für Maulbeer.

Der Journalist war auch eingeladen, wie eine Klette hängte er sich an die Galeristin. Helen wünschte, er würde sich in Luft auflösen, aber er redete ununterbrochen auf Sofia ein und erklärte plötzlich lauthals, damit es jeder hören konnte, dass er an einem Roman schreibe und bald damit fertig sein werde.

„Glauben Sie ihm kein Wort, das sagt er schon seit Jahren!“, rief Adrian lachend Helen zu.

„Nun ja“, gab er mit einem Ausdruck völliger Überlegenheit zurück, „es handelt sich ja auch um etwas Größeres.“ Er blickte dabei auf Helen, wie um deutlich zu machen, dass das Schreiben eines Romans ungleich schwieriger war und deshalb zweifellos auch eine bedeutendere Leistung darstellte, als ein Bild zu malen.

Die Kellner im Restaurant schienen Adrian gut zu kennen, ohne die Bestellung abzuwarten, stellten sie gleich mehrere Flaschen Wein auf den Tisch.

Helen, die nicht aufhören konnte, an die verkauften, verlorenen und verratenen Bilder zu denken, war so in sich versunken, dass sie erschrak, als ein Mann, der ihr gegenüber Platz genommen hatte, sich über den Tisch beugte und ihre Hand nahm, um sie in altmodischer Manier zu küssen.

„Glauben Sie mir“, sagte er voller Ehrfurcht, mit einer hohen, fast weiblichen Stimme, „ich gehe zu vielen Vernissagen, aber ich habe schon lange keinen neuen Künstler mehr gesehen, der mich so sehr beeindruckt hat.“ Sie sah, dass sein Kopf im Verhältnis zu den schmächtigen Schultern zu groß war, die Proportionen seines zwergenhaften Körpers unausgeglichen wirkten, er einen insgesamt schiefen Eindruck machte.

„Danke“, sagte Helen, überrascht über das unerwartete, aber offensichtlich ehrlich gemeinte Kompliment des Unbekannten, und zog ihre Hand zurück.

Seine Haare waren dunkel gefärbt, nur am Ansatz, wo die Farbe ausgewachsen war, konnte man einen Streifen grauer Haare sehen. Er legte seine sorgfältig manikürten Hände wie etwas besonders Wertvolles vor sich auf den Tisch, und an der Art, wie er aufmerksam Gabriel musterte, merkte sie sofort, dass er sich für Frauen nicht im Geringsten interessierte.

Adrian, der nie ruhig auf seinem Stuhl sitzen bleiben konnte, sondern immer wieder um den Tisch herumging, um mit jedem zu reden, stellte ihn ihr vor. „Helen, hier sehen Sie den größten Kunstsammler aller Zeiten!“, rief er und klopfte dabei R. auf die Schulter.

Sie nickte unsicher, wusste nicht, wie Maulbeer das meinte. Aber R. nahm die Bemerkung des Galeristen mit einem Schulterzucken hin, ohne ihn dabei auch nur eines einzigen Blickes zu würdigen.

„Sehen Sie, er spricht wie ein typischer Galerist“, sagte R. zu ihr gewandt. „Er übertreibt die Vorzüge sowohl seiner Künstler wie auch die seiner Kunden.“

Darauf hob er das Weinglas: „Auf eine erfolgreiche Ausstellung!“, sagte er feierlich und prostete Helen und Gabriel zu. Sie stießen sich unter dem

Tisch mit den Füßen an und gaben sich zu verstehen, dass sie von ihrem jeweiligen Gegenüber nicht besonders viel hielten. Trotzdem führte die einschmeichelnde und entwaffnende Art von R. dazu, dass sie später am Abend immer bereitwilliger darüber Auskunft gab, wo sie lebte und was sie machte.

„Ein Musiker und eine Malerin, wie schön! Ihre Eltern sind bestimmt stolz auf Sie", sagte R.

Beschwingt vom Wein, erzählte Gabriel ihm, dass ihre Eltern schon lange Zeit nicht mehr lebten, sie bei ihrer Patentante in ziemlicher Armut aufgewachsen waren. R.s Bemerkungen und Zwischenfragen waren wie eine Spirale, die sie immer mehr über ihr Leben erzählen ließen, bis ihre Situation schließlich offen dalag.

„Sie sind zu beneiden", meinte er wohlwollend, „nicht viele Menschen tun, was sie wirklich wollen. Ihr seid freier als alle anderen!" Er lachte dabei kurz auf und hielt inne, als wäre ihm etwas eingefallen.

„Das stimmt leider nicht ganz", entgegnete ihm Gabriel, „auf den Klavierunterricht könnte ich gerne verzichten. Wir machen ununterbrochen Kompromisse. Wir sind nicht annähernd so frei, wie Sie denken."

„Aber es kümmert Sie nicht, was Sie haben oder nicht haben. Sie tun, was Sie wollen, und das ist das Entscheidende!", antwortete R. nicht ohne Bitterkeit in der Stimme, als sehe er in ihnen die Erfüllung eines Lebenskonzepts, an dem er selbst gescheitert war.

Im Atelier sah es aus wie nach einem Einbruch. Alles lag auf dem Boden herum, vor der Vernissage hatte Helen keine Zeit mehr gehabt, aufzuräumen, dort, wo sie die Bilder gelagert hatte, klaffte jetzt ein dunkles Loch. Bald würden sie an den Wänden irgendwelcher fremder Häuser hängen. Helen saß vor ihrer Staffelei und wusste zum ersten Mal nicht, was sie als Nächstes malen sollte.

Das Geld von den verkauften Bildern würde ihr für die nächste Zeit zum Leben reichen. Die Vernissage war vorbei, es gab nichts mehr zu tun.

„Jetzt kannst du die Ernte einfahren“, hatte Adrian Maulbeer noch zu ihr gesagt, als sie nach dem Essen aufgebrochen waren. Aber nach der ganzen Aufregung fühlte es sich nicht so an, als ob sie vor den Früchten ihrer Arbeit saß, im Gegenteil, das Atelier war ohne die verkauften Bilder kahl und bedrückend. Auf ihren Knien lag die aufgeschlagene Zeitung, es gab einen kurzen Artikel über die Ausstellung mit einem Foto von Lucilles Portrait. Der Artikel war überaus lobend und positiv, was Helen wunderte, doch sie war sich sicher, der Journalist hatte das nur für Maulbeer geschrieben, wahrscheinlich benutzte er im Artikel sogar seine Worte. Nur einen kleinen Seitenhieb hatte er sich nicht verkneifen können, wo er sie als „mundfaule Künstlerin“ bezeichnete.

Helen faltete den Artikel sorgfältig zusammen und ging hinaus. Sie würde Lucilles Grab besuchen. Gabriel unterrichtete noch; als sie an seinem Haus vorbeikam, hörte sie durch das geöffnete Fenster das regelmäßige Auf und Ab einer Tonleiter. Er war ein beliebter Klavierlehrer, viele kamen, um sich bei ihm für die Aufnahmeprüfung der Musikakademie vorzubereiten. Manchmal beneidete sie ihn darum; er war von Menschen umgeben. Schon als Kind ahnte sie, dass Gabriel mit der Musik etwas gefunden hatte, was größer und stärker war als ihr Talent zum Malen. Sie sah es deutlich an seinem konzentrierten, von der Welt abgewandten Gesicht, wenn er bei seinen Konzerten versunken war in die Klänge, die seine Hände erzeugten. Sie sah es, wenn sich die konzentrierte Gespanntheit plötzlich löste und seine zusammengepressten Lippen ein Lächeln hervorbrachten. Jenes Lächeln, das man bei Musikern sehen kann, wenn sie aufgehen in der Spiellust und alles wie von selber geschieht. Es war reines Glück, das sich in diesen Momenten in Gabriels verzücktem Gesicht spiegelte. Beim Malen war es anders, sie war wohl ganz in ihre Welt versunken, doch würde sie nie jenes Maß an Freude erreichen, welches den Musikern vorbehalten war, denn, und davon war Helen überzeugt, von allen Talenten ist das Talent zur Musik das glücklichste.

In den Tagen nach der Vernissage blieb die Tür zum Atelier geschlossen. Helens Aktivitäten beschränkten sich auf ein Minimum, wie bei einem Tier im Winterschlaf. Sie half Gabriel, seine Wohnung aufzuräumen und Noten zu kopieren. „Manchmal ist es gut, nichts zu machen", sagte er, „du hast dir eine Pause wirklich verdient."

Manchmal blieb einer von Gabriels Schülern zum Abendessen. Jan, der zweimal die Woche zu Gabriel in den Unterricht kam, war sie schon ein paarmal flüchtig begegnet. Er war Gabriels begabtester Schüler. Gabriel holte Lucilles alten Fernseher und stellte ihn in der Küche auf einen Stuhl. Er wollte ihm die Filmaufnahme zeigen, in der Glenn Gould Prokofjews Sonate für Klavier Nr. 7 spielt. Es war eine Schwarzweißaufnahme, die Gabriel wie ein Heiligtum hütete.

„Wenn du die Aufnahme gesehen hast und trotzdem weiter Klavier spielst, hast du zumindest Mut", sagte er zu Jan, der Helen zusah, wie sie Gin Tonics zubereitete. Sie goss ein Drittel Gin in die hohen Gläser und füllte mit Schweppes auf. Sie rollte eine Limone auf der Ablage, um sie weich zu machen, bevor sie sie halbierte und in Schnitze zerschnitt. Sie kam sich dabei ungewöhnlich verschwenderisch vor.

„Kein Eis", sagte sie und drückte Jan sein Glas in die Hand: „Das Tiefkühlfach funktioniert nicht." Es war ihr peinlich, aber Jan lächelte nur und prostete ihr zu. „Vielen Dank für die Einladung!"

Sie war erleichtert, als er sich umdrehte und näher zum Fernseher rückte. Von der Seite konnte sie sein Profil betrachten. Er schien ihre Blicke zu merken, denn er wippte mit dem Fuß unruhig auf und ab. Sie lehnte sich gegen den Herd und trank einen großen Schluck.

Sein Haar ist viel zu hell, dachte Helen, es sieht aus wie gefärbt, obwohl es vermutlich echt ist. Sie zündete sich eine Zigarette an. Sie rauchte selten und nur, wenn sie Alkohol trank. Der Gin schmeckte ihr besser mit einer Zigarette. Jan fuhr sich sichtlich angespannt mit der Hand durchs Haar; sie wusste, er hätte sie gerne angeschaut, aber er tat es nicht. Einerseits, weil er sich auf die Glenn-Gould-Aufnahme konzentrieren musste, und andererseits, weil er fürchtete, ihr dabei direkt in die Augen zu schauen. Sie genoss die Tatsache, dass ihn ihre Anwesenheit nervös machte, nahm einen tiefen Zug und stieß den Rauch schnaubend durch die Nase. Sie fragte sich, ob er wohl das nötige Maß an Einsamkeit in sich trug, um jemanden wie sie zu ertragen.

Sie blickte über Gabriels und Jans Köpfe hinweg auf den Bildschirm. Glenn Gould saß auf seinem abgesägten Holzstuhl, der wie ein Kinderstuhl aussah, in das Klavier hineingebeugt, mit der Nase fast die Tasten berührend.

„Siehst du das, siehst du es?“, fragte Gabriel eindringlich. Wenn er diese Aufnahme sah, kam er jeweils in Fahrt. Helen war überrascht, wie weit

Gould die Finger spreizen konnte und wie dehnbar die Haut zwischen seinen Fingern war. Krakenhaft warf er die Hände in die Luft, und gleich darauf war es, als ob er die Tastatur zärtlich streichelte und sich die ganze Leidenschaft seiner Existenz auf fast beängstigende Weise in diesem einzigen Augenblick auslebte. Sie atmeten auf, als Gould schließlich wie nach einem Kampf erschöpft über dem Klavier zusammenbrach.

Jan nahm den letzten Schluck Gin Tonic und stellte das Glas auf den Tisch.

Mit den Fingern klaubte er den Limonenschnitz heraus und aß ihn ganz auf, lehnte sich daraufhin in den Stuhl zurück und wippte rastlos auf ihm hin und her.

„So zu spielen setzt ein gewisses Maß an Wahnsinn voraus", sagte er geradeheraus. „Handwerk allein ist da nicht genug."

„Du redest von Genie", entgegnete Gabriel und zog den Stecker aus dem Fernseher.

„Genie ist immer auch Wahnsinn. Das gehört doch zusammen, und es ist so selten und in der Wirkung so ungeheuerlich wie ein Meteorit, der auf die Erde schlägt."

Während sie aßen und die Flasche Rotwein leerten, die Jan mitgebracht hatte, stellte er unter dem Tisch plötzlich den Fuß auf den ihren. Jan stand nicht darauf, stellte ihn nur mit einer gewissen Bestimmtheit dort hin, wie man einen Fuß in einen Türspalt hält, damit sie nicht zuschnappt. Helen ließ ihn gewähren und sah ihm mit Interesse dabei zu, wie er mit der Messerspitze genüsslich das Mark aus dem Knochen schabte.

Sie wusste, Jan würde schon am nächsten Tag in die Galerie Maulbeer gehen, um ihre Bilder anzusehen. Wäre sie Schriftstellerin gewesen, hätte er sofort ihr Buch gekauft und gelesen, in der Hoffnung, etwas herauszufinden, irgendein Geheimnis, das sich in der persönlichen Begegnung nicht offenbarte. Sie selbst hätte es jedenfalls so gemacht, und sie fragte sich, ob es irgendetwas änderte und ob Jan sie dann mit anderen Augen sehen würde, wenn er die Portraits gesehen haben würde. Aber er sagte kein Wort darüber, als er ein paar Tage später mitten in ihrem Atelier stand und sagte:

„Du wohnst in einem Loch."

„Nicht mehr lange", wollte Helen erwidern, beschloss aber, zu schweigen. Vielleicht würde sie ja für immer hier bleiben müssen und eines Tages in diesem Loch sterben; es war also besser, sich mit dem Loch anzufreunden.

Jan trat zu dem Schädel hin, der es noch nie verfehlt hatte, die Aufmerksamkeit auf sich zu ziehen. Jeder, der das Atelier zum ersten Mal betrat, ging sofort auf den Schädel zu. Aber die meisten begnügten sich damit, die Schädeldecke zu öffnen, und stellten den Kopf, sobald sie das Gehirn erblickten, erschrocken zurück. Deshalb überraschte es sie, dass Jan ohne zu zögern das Gehirn herausnahm und wie ein Gewicht in seiner Hand wog.

„Ist es nicht merkwürdig, dass alles, was wir tun, von einer Handvoll Gehirnmasse kontrolliert wird?“, sagte er.

„Ja“, entgegnete sie, „aber die meisten Menschen benutzen sowieso nur die linke Gehirnhälfte. Die Welt ist von Linkshirnmenschen dominiert.“

„Hmm. Die meisten Menschen nutzen ihr Gehirn meiner Meinung nach überhaupt nicht richtig aus, weder die rechte noch die linke Seite“, sagte Jan abschließend und stellte den Schädel auf das Regal zurück. Er sah sich im Zimmer um und ging zur Staffelei mit der weißen Leinwand.

„Was malst du im Moment?“, wollte er wissen.

„Nichts“, antwortete sie. „Ich mache eine kreative Pause.“

„Würdest du ein Portrait von mir malen?“, fragte er plötzlich.

„Nein“, sagte sie, „du bist nicht der Typ dafür.“

Helen schoss den Satz ab wie einen zielgerichteten Pfeil. Er nickte und blickte zu Boden, mit diesem konzentrierten Blick, den sie an ihm kannte; ohne Zweifel hatte sie ihn verletzt. Sie suchte nach etwas, um ihn zu besänftigen – er tat ihr jetzt leid, aber noch bevor sie den Mund öffnen konnte, sprang er kurzerhand von hinten auf sie zu; und ohne ein Wort zu sagen, mit wenigen geschickten Griffen, öffnete er den Knopf und den Reißverschluss ihrer Hose und zog sie herunter. Es dauerte nur wenige Sekunden. Sie hatte ihn falsch eingeschätzt. Die unverhohlene Direktheit war überraschend, aber sie störte sie nicht, im Gegenteil. Er packte ihre Beine wie einen Pflug. Sie war gezwungen, auf ihren Händen zu gehen, und auf diese Weise schob er sie Stoß für Stoß durch den Flur ins Schlafzimmer bis zum Futon; sie lachte und stöhnte gleichzeitig. Sie wollte sein Gesicht sehen, aber sie konnte sich nicht umdrehen. Sie brachen über dem Bett zusammen, wie ein Gebäude einstürzt, und in Trümmern blieben sie liegen, ohne sich zu bewegen.

„Du darfst wiederkommen", rief sie ihm später nach und warf die Tür hinter sich zu.

Am Abend sah sie, dass das Kranich-Mobile heruntergerissen war und zerknittert auf dem Boden lag. Aber Helen hängte es nicht wieder auf. Es hatte lange überlebt, und die Zeit war gekommen, es wegzuwerfen. Es lag dort im Abfall wie ein Zeichen für etwas, was zu Ende gegangen war. Ein neuer Abschnitt ihres Lebens hatte begonnen. Mit welcher Leidenschaft hatte sie sich in die Malerei gestürzt, was sie dorthin gebracht hatte, wo sie jetzt war, ausgestellt in der Galerie Maulbeer. Niemand würde ihr dies je wegnehmen können, dachte sie, während sie den Abfallsack fest zuschnürte und die Treppe hinunter vor das Haus trug.

Auf dem Weg zurück hob sie die Post von der Treppe hoch, die sich dort schon wieder gesammelt hatte. Es konnte geschehen, dass sie ihre Post für ein paar Tage unberührt neben der Treppe liegen ließ. Erst wenn es ein kleiner Hügel war, trug Helen die Briefe hinein und öffnete sie, meist mit gelangweilter Miene. Sie erwartete nichts. Meistens kamen sowieso nur Rechnungen oder Prospekte, die sie sofort wegwarf. Sie hob die Post auf, die da schon wieder lag, und setzte sich damit im Atelier an den Tisch. Zuoberst lag ein cremefarbener Umschlag; er fühlte sich anders an als die gewöhnlichen Umschläge, schwerer, und auch das Papier, auf dem der Brief geschrieben war, schien dick und teuer im Vergleich zu der üblichen Post.

„Ich hoffe, Sie erinnern sich an mich", begann der Brief. Aber Helen musste den Brief mehrmals lesen, bis sie ihn mit dem Mann in Verbindung bringen konnte, der ihr damals nach der Ausstellungseröffnung im Restaurant gegenübergesessen hatte. Verwirrt und aufgeregt zugleich lief sie mit dem Brief hinüber zu Gabriel.

Sie las ihm den Brief vor. Helen sollte ein Portrait von R. malen, stand darin. Er suche schon lange nach einem geeigneten Maler, dem er ein Portrait in Auftrag geben könne, und nachdem er ihre Ausstellung gesehen hatte, habe er sich für sie entschieden. Die Bezahlung, die R. anbot, war ungeheuer und würde sie auf einen Schlag aus ihrer Misere befreien. Sie starrten ungläubig auf die Summe.

„Das ist hoffentlich kein schlechter Scherz", sagte Helen.

Aber Gabriel schüttelte den Kopf. „Für mich sah er nicht aus wie ein Mann, der Sinn für Scherze hat", sagte er, und nach einer Weile fügte er hinzu: „Aber vielleicht ist er verrückt. Ein Wahnsinniger, der dich in eine Falle locken will."

In der Küche setzten sie sich an den Computer und loggten sich ins Internet ein. Sie fanden heraus, dass R. einige Casinos, Hotels und Geschäftshäuser besaß und sich offenbar über die Jahre eine beträchtliche Kunstsammlung angeschafft hatte. In einem der Artikel wurde er sogar als Kunstfanatiker, in einem anderen als Mäzen bezeichnet. Doch in den meisten Artikeln, die allesamt auf den Wirtschafts- und Business-Seiten zu finden waren, war von ihm lediglich als Unternehmer die Rede, der mit Ölgeschäften in Russland ein beträchtliches Vermögen gemacht hatte. In einem Artikel, „Der Janusköpfige", den Gabriel ausdruckte, wurde R. als ein skrupelloser Spekulant beschrieben, der die Kunst als Deckmantel benutze, um darunter gewisse Geschäfte zu machen. Aber der Ton des Artikels war zu gehässig, um ihn seriös erscheinen zu lassen.

„Das klingt mehr nach einer persönlichen Abrechnung", meinte Gabriel. „Was man in Zeitungen liest, ist meistens nicht oder höchstens nur zur Hälfte wahr."

Aber sympathischer wurde ihnen R. trotzdem nicht. Sie erinnerten sich nur zu gut an seine übertriebene Neugier. Etwas Doppelbödiges und Undurchschaubares ging von ihm aus, schwer, ihn einzuordnen.

Und warum Helen genau drei Monate dableiben musste? „Es ist ein Risiko“, sagte Gabriel nachdenklich.

„Aber ein Risiko, das sich einzugehen lohnt“, fügte Helen hinzu.

„Wir können es uns gar nicht leisten, so ein Angebot abzulehnen. Es ist nur ein Portrait, weiter nichts.“

Gabriel nickte.

„Ein Portrait für den Teufel!“ Daraufhin lachten sie beide.

„Stell dir nur vor, was wir mit dem Geld alles machen könnten!“, drängte Helen.

Sie rechneten aus, die nächsten Jahre keine Nebenjobs mehr machen zu müssen. Gabriel könnte den zeitraubenden Klavierunterricht aufgeben und sich ganz auf seine Musik konzentrieren. Helen sah ein neues, lichtdurchflutetes Atelier vor sich. Sie würden Reisen machen, etwas von der Welt sehen. Um fünf Uhr in der Früh, nach einer langen Nacht, in der sie laut diskutierten, unterzeichnete Helen schließlich den Vertrag. Adrian Maulbeer und Jan würde sie sagen, sie sei auf einer dreimonatigen Reise; niemand musste wissen, wo sie wirklich war, und niemand würde nach ihr fragen.

VI

Helen biss in das letzte Stück Brot. Mit dem Vogel war auch ihre Lust gestorben, für sich selbst zu kochen. Am nächsten Tag hatte sie ihn im Gras gefunden, mit gebrochenem Genick. Die Katze hatte ihn nicht einmal gefressen, was seinen Tod noch sinnloser machte. Mit bloßen Händen hatte sie ein Loch in die Erde gegraben und den toten Vogel hineingelegt. Sie hatte nicht geweint, aber vor Wut gezittert, als sie den Vogel mit Erde zudeckte; „elende Mörder", murmelte sie hasserfüllt, und sie meinte dabei beide, Tiara und R., sie waren ein und dasselbe.

Kein Wort verlor sie mehr über den Vorfall, aber Helen vermied es, R. von nun an in die Augen zu sehen, blickte durch ihn hindurch, wie durch einen Gegenstand, den man bei der nächsten Gelegenheit wieder loswurde.

Sie vermisste Gabriels Küche, sogar ihre eigene kam ihr jetzt aus der Distanz irgendwie gemütlich und beneidenswert vor. Als sie an diesem Abend ihr Atelier verließ, beobachtete sie zufällig, wie Joseph das Essen für R. auf einem Trolley in das Esszimmer schob. Eine goldene Wärmeglocke bedeckte den Teller. Sofort dachte sie an die Köstlichkeiten, die sich vermutlich darunter verbargen, und sie hätte nur zu gerne die Glocke gehoben, um zu schauen, was es gab. Alles war immer so sorgfältig arrangiert, sogar eine kleine gelbe Rose zierte den

Tisch. Was für eine Verschwendung, all diese Räume, die riesige Küche, Joseph, die Zimmermädchen, der Koch und die Gärtner: Dutzende unsichtbarer Hände, die die Villa nur für das Leben eines einzigen Menschen in Betrieb hielten.

Anmaßend erhoben sich jetzt die Säulen des Tempelportikus vor ihr in die Höhe. Sie wünschte, es gäbe Vorhänge, die sie zuziehen konnte, damit sie die Villa nicht mehr sehen musste.

So qualvoll langsam die Tage vergingen, die Abende waren noch viel schlimmer. Sie machte einen Strich in ihr Skizzenbuch und stieg die Wendeltreppe nach oben, wählte Gabriels Nummer. Es war noch zu früh zum Schlafen, und sie hoffte, noch eine Stunde mit ihm telefonieren zu können, damit der Abend schneller vorüberginge. Aber sie bereute es sofort, ihn gestört zu haben.

Gabriel übte für ein Schubert-Konzert. Er hatte ihr davon erzählt; er würde bald gemeinsam mit einer Sängerin ein Konzert geben. Begeistert hatte er ihr Mariellas Stimme beschrieben, klar und voll. Sie hörte sie jetzt, sie hörte ihr Lachen im Hintergrund. Es war ein lautes Lachen, berstend vor Kraft, es füllte das ganze Zimmer, und augenblicklich stellte sie sich vor, wie Mariella in Gabriels Küche herumging, singend. Sie hörte es sofort an seiner verwischten, betrunkenen Stimme: Sie waren ein Paar, und sie waren glücklich.

„Was gibt's Neues, Helen? Was macht dein luxuriöses Leben in der Villa?"

„Sehr gut. Alles in Ordnung, keine Sorge. Übt weiter, schöne Grüße an Mariella."

„Ja, sie ist wunderbar, was für eine Stimme!" Er lachte. „Ja dann, male gut. Ich melde mich."

Sie biss sich auf die Lippen. Obwohl sie sich für Gabriel freute, war sie doch gleichzeitig auch enttäuscht. So wie es aussah, würde Gabriel in der nächsten Zeit keine Lust mehr haben, wie vorher stundenlang mit ihr zu telefonieren.

Plötzlich dachte sie an Adrian und Sofia Maulbeer, wie angenehm die Begegnung mit ihnen gewesen war und wie sehr sie sie jetzt vermisste. Natürlich war in der Galerie Maulbeer inzwischen ein anderer Künstler ausgestellt. Vielleicht waren Adrian und Sofia Maulbeer sogar gekränkt, weil sie so ohne jeden Abschied verschwunden war. Sie würde sich bei ihnen entschuldigen müssen. Und dann dachte sie an Jan und dass er sie, wenn sie zurückkam, wahrscheinlich vergessen haben würde. Sie war hier nicht nur einsam, in ihrer Abwesenheit würde sich zu Hause auch so einiges verändern. Sie würde Gabriels Konzert verpassen, seine neue Freundin erst in vielen Wochen kennenlernen, ihn und Jan und Maulbeer verlieren.

Einen Moment lang spielte sie mit dem Gedanken, einfach zu gehen, zurück nach Hause. Zu denen, die sie so leichtfertig hinter sich gelassen hatte. Sie dachte an das Nebentor. Es war offen gewesen, und sie erinnerte sich jetzt daran, wie überrascht und erleichtert sie damals gewesen war. Aber es machte keinen Unterschied mehr, die offene Tür war wie ein Hohn. Helen wusste nur zu gut, es gab kein Entkommen. Sie und Gabriel brauchten das Geld. Der Vertrag, eine unsichtbare Wand zwischen ihr und der Außenwelt. Vielleicht ließ R. das Nebentor ja absichtlich geöffnet, um sie zu testen, vielleicht wollte er, dass sie versuchte zu fliehen. Sie ahnte plötzlich, dass es R. von Anfang an nicht um das Portrait gegangen, sondern sie Teil eines Experiments war. So wie sie ihn für das Portrait beobachtete, beobachtete er gleichzeitig auch sie.

Mit einer Hand stützte sie sich ab und wollte aufstehen, aber sie sank auf die Matratze zurück, als würde sie von unsichtbaren Fäusten niedergeschlagen. Das Weinen kündigte sich in mehreren kleinen Eruptionen an, die schließlich ihren ganzen Körper erfassten - ein Gebirge, das gesprengt werden musste. Der Oberkörper sank in sich zusammen, und der Kopf kippte kraftlos vornüber. Es war kalt auf dem Dachboden, und Regen tropfte mit einem leisen, tristen Trommelgeräusch gegen das Fenster. Sie weinte in ihre Matratze hinein, ohne Ton. Nur ihr Rücken ruckte auf und ab, als wäre sie an Elektroden angeschlossen, die in gleichmäßigen Abständen Stromstöße durch ihren Körper jagten.

R. blühte auf. Das Portrait kam gut voran. Er tänzelte vor der Staffelei herum, lobte sie und überschüttete sie mit Komplimenten. Aber Helen dachte an den Vogel, den er so kaltblütig der Katze zum Fraß vorgeworfen hatte und der jetzt langsam unter der Erde verweste.

„Sie sind wirklich eine ganz außerordentliche Künstlerin", sagte er. „Wie recht ich hatte, Ihnen den Auftrag zu geben. Sie können malen, Sie können wirklich malen!"

Es wurde für sie beinahe unerträglich, wenn er sich vor die Leinwand stellte, mit etwas schräg gestelltem Kopf die Augen zusammenkniff und das Bild mit scheinbarem Kennerblick zufrieden betrachtete. Ihre Hand mit dem Pinsel bewegte sich mechanisch über die Leinwand. Je mehr sie das Portrait zum Leben erweckte, desto größer wurde ihre Abscheu ihm gegenüber.

Die Skizzen, die sie jetzt am Abend aufs Papier warf, waren erbarmungslos. Einige übertrafen gar die brutale Hässlichkeit der Queen of Tunis. Der Bleistift war ihr Messer, mit dem sie ins Blatt ritzte.

Mit Gabriel telefonierte sie kaum noch. Es war sinnlos. Stets war er in Eile und kurz angebunden; sie kannte diese atemlose Stimme, die er kurz vor einem Konzert entwickelte. Alles, was ihn ablenkte oder störte, wies er energisch von sich.

Sie war wieder zu dem Pavillon gegangen, in der Hoffnung, hineingehen und in den Pool springen zu können. Sie verspürte den starken Drang, in Wasser abzutauchen. Doch die Tür blieb fest verschlossen. Warum hatte R. ihr nur gesagt, sie dürfe das Schwimmbad benutzen, wann immer sie wolle, wenn die Tür doch immer verschlossen war? Vielleicht sah er vom Fenster aus zu, wie sie vergeblich versuchte, die Tür zu öffnen und sich Zutritt zu dem Pavillon zu verschaffen? Vielleicht lachte er sie, hinter einem Vorhang versteckt, sogar aus.

Der Regen kam in Strömen. Seit dem Tag ihrer Ankunft, an dem es so ungewöhnlich heiß gewesen war, war die Sonne nicht mehr am Himmel erschienen. Grauen, wolkenverhangenen Tagen folgte kalter Regen. Die Oleanderblüten hingen unter dem Gewicht des Regens zu Boden und spiegelten sich wie farbige Tropfen in den nassglänzenden Treppenstufen, die zur Villa hinaufführten. Einmal wurde sie zufällig Zeugin eines Gesprächs zwischen Joseph und einem der Zimmermädchen. Sie war auf der Toilette und wollte gerade zurück ins Atelier gehen, da hörte sie ihre Stimmen im Flur. Sofort blieb sie stehen und lauschte angestrengt. Sie redeten von Überschwemmungen in der Nähe der Stadt. Von Häusern, die unter Wasser standen, und Menschen, die ihr Zuhause verloren. Helen hatte seit ihrer Ankunft weder eine Zeitung gelesen noch Fernsehnachrichten geschaut. Abgeschnitten, nicht nur von den Geschehnissen zu Hause, sondern von allem außerhalb dieses Grundstücks, sog sie diese Informationen gierig in sich auf.

In der zehnten Woche, um vier Uhr nachmittags, machte sie den letzten Pinselstrich. Helen lehnte sich zurück und blieb eine Weile vor dem Bild sitzen, ohne sich zu rühren. Sie konnte einen Anflug von Zufriedenheit nicht unterdrücken.

„Das Portrait ist fertig", sagte Helen dann, worauf er sie ungläubig und schweigend ansah. „Schon fertig?" Sein Mund verzog sich zu einem amüsierten Lächeln, als hätte sie einen Witz gemacht. „Es ist fertig?", wiederholte er etwas leiser, als müsste er den Sinn des Satzes erst verstehen. Er schaute auf die Uhr. „Sie haben schnell gearbeitet."

„Ja", sagte sie, „fertig ist fertig. Möchten Sie es sich nicht ansehen?"

Zögernd stand er auf und stellte sich neben sie, immer noch halb amüsiert, halb ungläubig lächelnd, als wären seine Lippen in Blei gegossen und würden nun für immer in dieser Position verharren.

Für eine lange, wortlose Minute blickte er ihr über die Schulter.

„Aber hier, um den Mund herum … müsste es da nicht etwas nach oben gehen?"

„Nein, natürlich nicht", entgegnete Helen, „Sie lächeln nicht."

„Aber warum nicht auf dem Portrait?", sagte er plötzlich, nahm unvermittelt den Pinsel von der Ablage und drückte ihn in einer unwirschen Bewegung auf die Leinwand. Auf dem Pinsel war noch etwas Farbe, die wenige Millimeter neben dem Mund einen unübersehbaren dunklen Fleck hinterließ. Es war nur ein kleiner Fleck, aber es sah jetzt aus, als ob aus seinem linken Mundwinkel eine Warze wuchs, der Mund wurde auf der einen Seite disproportional lang und wirkte dadurch merkwürdig schief.

Helen fuhr zurück, es war, wie wenn ihr von hinten ein Schlag versetzt worden wäre. „Was machen Sie denn, sind Sie verrückt geworden?", schrie sie auf. Ihre Stimme überschlug sich.

R. trat einen Schritt zurück, wie selbst erschrocken über die Wirkung. „Oh, ich ... ich wollte bloß einen Vorschlag machen", entgegnete er kleinlaut.

Helen versuchte sofort, den Fleck wegzutupfen, aber dadurch wurde er nur noch größer.

„Einen Vorschlag?" Helen konnte sich nicht mehr zurückhalten, ihre Stimme zitterte vor Wut. „Sehen Sie nur, was Sie angerichtet haben!"

R. duckte sich. „Ich wollte nur, Sie ... ich meine nur ...", stotterte er, „mein Lächeln eben ..."

Helen schüttelte den Kopf und starrte auf die Misere. Haut zu malen war das Schwierigste. Wie lange hatte sie gebraucht, die richtigen Farben zu mischen, um die kleinsten Färbungen der Haut so plastisch einzufangen. Sie modellierte mit der Farbe, erlangte den gewünschten Ausdruck nur mit unzähligen Schattierungen und Nuancen. Die Haut an den Schläfen und um die Nasenflügel war feiner und beinahe transparent. R.s Gesicht hatte eine wächserne, elastische Erscheinung. Sie arbeitete mit den feinsten Pinseln, jede Falte, jede noch so winzige Unebenheit in der Haut erschien auf der Leinwand. Wie ein Alchimist seine Substanzen, mischte sie Farben, trug sie auf, tupfte wieder weg, bis sie mit dem Ergebnis zufrieden war. Sie vergaß dabei die Zeit, und wenn R. sie nicht immer unterbrochen und gestört hätte, wäre sie in jenen rauschhaften Zustand gekommen, den sie in ihrem eigenen Atelier erreichte, und in einem noch weit höheren Tempo vorangekommen.

Das Gesicht war perfekt, der Mund noch feucht, doch einen halben Zentimeter vom rechten Mundwinkel, mitten auf dieser Haut, die so intensiv und sorgfältig gemalt war, dass sie zu leben und zu atmen schien, prangte unübersehbar der große dunkle Fleck. Der stümperhafte, unansehnliche Fleck zerstörte nicht nur das Gesicht, er zerstörte das ganze Bild.

„Sie sind ein Idiot", sagte Helen geradeheraus.

Das Wort war im Raum und schien sich von oben langsam herabzusenken. Es dauerte eine Weile, bis R. es in sich aufgenommen hatte. Dann ging er zur Tür und sagte, ohne sich umzudrehen, im Befehlston und ohne noch einmal auf den Vorfall einzugehen:

„Bis morgen dann. So wie es aussieht, ist das Bild noch nicht fertig. Wir treffen uns pünktlich um zehn!"

Nicht einmal entschuldigt hat er sich! Helen war außer sich. Warum hatte er einfach den Pinsel genommen und das Bild zerstört! Es war ihr unmöglich nachzuvollziehen, wie jemand diese Grenze so rücksichtslos zu überschreiten in der Lage war.

Den ganzen Abend verbrachte sie noch im Atelier und versuchte, den Fleck wegzubekommen. Aber so geschickt sie ihn auch übermalte, er ließ sich nicht zum Verschwinden bringen. Im Gegenteil: Die Verdunklung der Haut schimmerte wie ein übles Mal hervor, das man vergeblich mit Make-up zu überdecken versuchte.

In dem Moment, in dem R. den Pinsel in die Hand genommen und ihn auf die Leinwand gestoßen hatte, war ihr Interesse an dem Bild schlagartig erloschen. Es wäre das Gleiche gewesen, wenn er mit einer Schere ein Loch mitten in das Bild geschnitten hätte oder auf ihm herumgetrampelt wäre. Das Bild als solches war zerstört. War sein Gerede über Kunst noch gerade erträglich gewesen, so war dieser Übergriff unverzeihlich.

Spät am Abend warf sie die Karikaturen weg. Sie zerriss sämtliche Blätter in Schnipsel und stopfte sie in den Abfall. Selbst die Lust zu zeichnen war ihr jetzt vergangen. Es war, als ob etwas in ihr zerstört worden war; der dunkle Fleck war nicht nur auf dem Bild, sondern breitete sich wie eine schwarze Decke über alles aus, was ihr einst etwas bedeutete.

In dieser Nacht stand Helen lange reglos vor dem Fenster. Sie konnte nicht schlafen. Wie gerne wäre sie jetzt hinausgegangen. Irgendwohin, wo sie andere Menschen sehen und das alles hier hätte vergessen können.

In der Dämmerung konnte sie nur bis zum Einfahrtstor und zu den dunklen Mauern sehen, die das Grundstück umschlossen. Efeu kroch die Mauern hoch; seine Zweige klammerten sich wie Finger an den Stein.

Kurz vor zwölf hörte sie eine zuschlagende Wagentür, dann helle Stimmen. Es waren die Zimmermädchen. Sie sah es sofort, an ihrer Kleidung, den hochgesteckten Haaren und den geschminkten Lippen, sie waren ausgegangen. Arm in Arm kamen sie kichernd und leicht torkelnd über den Rasen. Sie hatten getrunken, sie hörte es auch an ihren beschwingten Stimmen. Offenbar hatten sie sich bestens amüsiert. Helen blieb wie festgefroren stehen. Der Anblick der Zimmermädchen, die da so fröhlich und vergnügt nach Hause kamen, versetzte ihr einen heftigen Stich. Sie durften weggehen, sie hatten Rechte, die ihr verwehrt blieben. Helen sah verzweifelt auf das Bild, auf die Kerze, die unaufhörlich brannte. Plötzlich überkam sie das überwältigende Bedürfnis, das Bild zu zerstören. Ein Messer mitten in das Bild zu rammen. Wie leicht würde es sein, die Leinwand zu durchstoßen und die Kerze ein für alle Mal auszulöschen. Sie brauchte nur in die Küche zu gehen und ein Messer zu holen. Aber das Bild zu zerstören war nicht genug. Sie malte sich aus, wie sie anschließend hinuntergehen und die Tür der Zimmermädchen mit Gewalt einschlagen würde. Sie wollen die Tür nicht für mich öffnen? Ich werde mir schon selbst Zugang verschaffen. Sie konnte sich ihre verängstigten Gesichter genau vorstellen. Wie kühn sie war in ihrer Phantasie, wie mutig. Der Gedanke plötzlicher Macht war berauschend. Und was würde sie auf ihrem Rachefeldzug erst mit R. anstellen. Sie war außer sich, und ihr Herz raste. Schweiß tropfte von ihrer Stirn. In der Küche hielt sie den Kopf unter kaltes Wasser und warf sich dann auf die Matratze. Obwohl sie stilllag, raste ihr Herz noch immer, es klopfte bis in ihren Hals. Sie atmete tief ein, sie musste sich beruhigen. Es waren ihre Gedanken, die das Herz angepeitscht hatten, und jetzt schien es sich wie ein lebendiges, wildgewordenes Wesen in ihr zu regen. Wie weit war es nur mit ihr gekommen! Sie schloss die Augen. Wie hatte sie nur so die Fassung verlieren können? Sie würde hier wieder herauskommen. Alles wird besser werden. Das hatte Gabriel ihr versprochen. Sie musste sich nur zusammennehmen und ruhig bleiben.

Am nächsten Morgen weckte sie das kreischende Geräusch einer Motorsäge. Sie war sofort hellwach und sprang von der Matratze hoch. Heute würde sie es ihm sagen. Sie würde nicht mehr länger hier bleiben. Draußen war ein Gärtner zugange. Sein Anblick beruhigte sie. Die Fassade des Bedienstetenhauses war mit Efeu fast vollständig zugedeckt; der

Efeu hatte sich tief in den Stein gefressen, und die Fassade drohte an einigen Stellen zu zerbröckeln. Die Triebe waren bis in die kleinsten Mauerritzen eingedrungen. Mit einer Motorsäge schnitt der Gärtner die kräftigen hölzernen Schlingen durch. Helen nickte ihm zu. „Dieses Unkraut ist so stark, dass es den Stein auseinandersprengen könnte“, rief er, und sie konnte ihm ansehen, wie befriedigend es war, die Wand von dem Efeu zu befreien.

Wie angekündigt, wartete R. im Atelier bereits auf sie. Aber Helen setzte sich an diesem Morgen nicht hinter die Leinwand, sondern blieb vor ihm stehen. „Ich muss mit Ihnen reden“, fing sie an.

Aber R. ließ sie gar nicht erst ausreden. Seine Stimme war laut und bestimmt.

„Nein, Sie können nicht gehen“, sagte er. „Der Vertrag ist erst in zweieinhalb Wochen erfüllt.“

„Erfüllt? Ist das hier ein Gefängnis oder was? Ich habe meine Arbeit getan. Was soll ich denn Ihrer Meinung nach in diesen nächsten zweieinhalb Wochen machen? Es gibt nichts mehr zu malen. Das Bild ist so, wie es ist, fertig. Das Geld für den Rest der Zeit können Sie meinetwegen behalten.“ Zum ersten Mal gab sie sich keine Mühe mehr, ihren Unmut zu verbergen.

„Oh nein“, sagte R. und schüttelte energisch den Kopf; „Sie werden sich an den Vertrag halten. Außerdem habe ich Ihnen nicht zu sagen, was Sie an dem Bild noch machen müssen, schließlich sind Sie doch die Künstlerin!“

Er atmete ruckartig ein, als hätte er sich verschluckt. „Aber eines kann ich, ich kann genau sehen, dass das Portrait nicht fertig ist. Um den Mund herum stimmt etwas nicht."

„Ja, weil Sie hineingepfuscht haben!", rief Helen wütend.

„Das spielt keine Rolle", gab er in sachlichem Ton zurück. „Es ist jetzt an Ihnen, das Problem zu lösen."

Er stand vor ihr mit verschränkten Armen. Sie zögerte und dachte an Gabriel, wie enttäuscht er sein würde und wie schwach sie sich fühlen würde, wenn sie nicht durchhielt. Sie würde es sich für immer vorwerfen, im letzten Moment aufgegeben zu haben.

„Gut, wenn es unbedingt sein muss", gab sie schließlich nach. „Meinetwegen, dann male ich eben noch die zwei Wochen, aber danach gehe ich, ob Ihnen das Portrait dann passt oder nicht."

Noch während sie sich setzte, bereute sie es, ihm nicht standgehalten zu haben. Er hatte sie in der Hand. Alles sträubte sich in ihr, noch nie hatte sie so widerwillig einen Pinsel in die Hand genommen. Sie malte lustlos an einem der Blätter herum, die den Hintergrund bildeten. Verdunkelte es um einen Farbton, nur um eine kleine Nuance. Damit hatte sie zumindest etwas zu tun. Die Stille im Atelier lastete jetzt schwer und lähmend auf ihr. Wie ein Krake saß R. auf seinem Stuhl und starrte zu ihr hinüber. Er war jetzt nicht mehr das Modell, sondern der Wächter, der dafür sorgte, dass sie das Atelier nicht verließ. Seine Feindseligkeit schien von Stunde zu Stunde zu wachsen und den ganzen Raum auszufüllen.

Und da war der Fleck, unauslöschlich, ein Stigma. Wie in der Musik die Verzögerung um eine falsche Synkope ein vollendetes Klanggebäude zum Einstürzen bringen kann, war das Dunkel an seinem Mundwinkel ein Misston, der sich über das gesamte Gemälde zog. R. und der Affe starrten sie auf dem Bild an. Immer deutlicher konnte sie sehen, wie sich R.s brutaler Ausdruck herausarbeitete; das dunkle Grün der Blätter verlieh dem Bild etwas Albtraumhaftes, und es war, als richtete sich das Portrait allmählich gegen sie.

An diesem Abend kam Joseph, um die Liste für die Einkäufe und neuen Farben zu holen, die sie für die Woche brauchte, aber sie bestellte nur noch eine Tube grüner Ölfarbe.

„Sind Sie ganz sicher, dass ich Ihnen nichts zu essen bringen soll?“, fragte er überrascht. Helen nickte.

„Ich bleibe doch nicht mehr lange!“, sagte sie halb scherzend zu ihm, doch ihre Stimme klang schrill.

Er schaute sie prüfend an, als wollte er ihr etwas sagen, beschloss dann aber zu schweigen, verabschiedete sich mit der üblichen förmlichen Distanziertheit und ging schnell die Treppe hinunter. Helen öffnete die leeren Schränke. Außer einem Rest Pulverkaffee, den sie ungenießbar fand, und einigen Teebeuteln gab es dort nichts mehr. Sie setzte den Wasserkocher auf, um sich einen Tee zu machen. Stand daneben und wartete, bis das Wasser kochte. Das zischende, pfeifende Geräusch erinnerte sie wie ein Stück Heimat an ihre Küche zu Hause. Sie hob den Wasserkocher vom Herd, und in einem Moment von Unachtsamkeit rutschte ihr der Griff aus der Hand, und das kochende Wasser lief in einem Schwall über ihren rechten Oberschenkel. Sie trug Leinenhosen, das heiße Wasser drang ungehindert durch den dünnen Stoff auf ihre Haut. Sofort ließ sie den Wasserkocher fallen und rannte in die Dusche, um ihr Bein unter kaltes Wasser zu halten. Aber das Wasser brachte keine Erleichterung, sie krempelte das Hosenbein hoch, die Schmerzen wurden noch unerträglicher; das kochende Wasser hatte die Haut verbrüht. Sie zitterte, und plötzlich war ihr kalt. Sie brauchte einen Arzt. R. war drüben in der Villa, er könnte sie schnell mit dem Wagen ins nächste Krankenhaus fahren. Sie wickelte ein nasses Geschirrtuch um ihren hellrot aufgedunsenen, pulsierenden Oberschenkel und ging so schnell sie konnte die Treppe hinunter. Draußen regnete es stark, sie hatte in der Aufregung vergessen, Schuhe anzuziehen, und die Kiesel drückten bei jedem Schritt schmerzhaft in ihre Fußsohlen. Völlig durchnässt stieg sie endlich die vom Regen glitschigen Treppen zur Villa hoch. Sie klingelte, klopfte gegen das Portal, klingelte Sturm, rief und winkte verzweifelt in das Objektiv der Kamera hinein. Doch niemand öffnete. Das Ohr an die Tür gepresst, glaubte sie, Schritte im Haus zu hören. Sie humpelte, das brennende Bein nachziehend, um die Villa herum, auf die Gartenseite, vielleicht hatte R. sie ja nicht gehört, möglicherweise war die Verandatür geöffnet, und sie konnte sich von dort Zugang ins Innere verschaffen? Doch auch die große gläserne Schiebetür war fest verschlossen. Sie drückte ihr Gesicht an die Scheibe und konnte im Zimmer seine Silhouette erkennen. Langsam kam R. näher. Er hielt ein Buch in der Hand und machte keinerlei Anstalten, die Tür zu öffnen.

„Das ist ein Notfall!", rief sie. „Ich habe mich verbrannt. Hier!"

Sie schob das Geschirrtuch zur Seite und zeigte die Wunde auf ihrem Oberschenkel, die rot leuchtete und brannte wie Glut.

Aber R. stand bloß dort, hinter der Glasscheibe, kaum einen Meter von ihr entfernt, und rührte sich nicht. Wie in Gedanken versunken, blickte er, so als sehe er sie nicht, an ihr vorbei in die Ferne. Sie klopfte weinend und bettelnd gegen die Scheibe. Sah noch, wie er wieder in sein Buch blickte, dann auf dem Absatz kehrtmachte und in Richtung Bibliothek aus ihrem Blickfeld verschwand.

Helen begriff, dass sie endlos so an die Tür trommeln konnte, er würde nicht öffnen, ihr nicht helfen. Stöhnend lief sie durch den Regen zurück. Die

Wohnung der Zimmermädchen war dunkel. Sie schliefen wohl schon. Waren früh zu Bett gegangen, nachdem sie am gestrigen Abend so ausgiebig gefeiert hatten.

Helen saß noch bis tief in die Nacht in der Duschkabine und ließ kaltes Wasser über das verbrannte Bein laufen. Sie zitterte vor Kälte, aber die Kälte war weniger schlimm als der Schmerz der Verbrennung. Sie starrte auf das Wasser, wie es, sich drehend und mit einem schlürfenden Geräusch, im Abfluss verschwand.

Die Entscheidung kam plötzlich. Niemand konnte sie jetzt noch daran hindern zu gehen. Der Wasserkessel lag auf dem Küchenboden, auf der Seite völlig verbeult und unbrauchbar. Sie würde ihn nicht mehr anfassen; sie würde hier gar nichts mehr anfassen. Sollten die Zimmermädchen hier aufräumen.

Erst kurz vor dem Morgengrauen war der Schmerz etwas abgeklungen, und sie konnte aus der Dusche herauskommen und endlich zu Bett gehen. Sie war nicht müde. Sie schlief keine zwei Stunden, und sobald die Sonne aufging, stand sie auf, rief auf dem Flughafen an und buchte einen Flug nach Hause. Die nüchterne, geschäftige Stimme am anderen Ende der Leitung beruhigte sie sofort. Ihre Sicherheit kehrte zurück. Morgen schon würde die ganze Sache vorbei sein und sie wieder Teil der normalen Welt.

Bevor sie an diesem Morgen ins Atelier ging, schlich sie sich zum Nebentor. Zu ihrer großen Erleichterung war es immer noch geöffnet, wie schon bei ihrer Ankunft. Sie würde also ungehindert gehen können. Helen musste das rechte Hosenbein bis über den Oberschenkel aufrollen, damit der Stoff sich nicht an der Wunde rieb. Im Atelier saß R. bereits auf seinem Stuhl. Kein Wort über die vergangene Nacht, keine Frage nach ihrem Bein. Die Verbrennung, ein handgroßer, unansehnlicher dunkelvioletter Fleck auf ihrem Oberschenkel, war nicht zu übersehen. Völlig übermüdet tauchte Helen widerwillig den Pinsel in die Farbe. In diesem Moment musste sie plötzlich an Pablo Fernandez denken, daran, wie er sich umgebracht hatte. Zum ersten Mal bekam sie Angst. Ihre Hand zitterte, während sie malte. Sie fürchtete, er könnte ihre Gedanken lesen, ihren Fluchtplan erraten. Vielleicht schöpfte er bereits Verdacht? Sie zweifelte keine Sekunde daran, dass er sie am Weggehen hindern würde, notfalls mit Gewalt. Sie rutschte mit dem Stuhl in eine Position, in der er ihre Augen nicht sehen konnte, und duckte sich kauernd hinter die Leinwand, ihr Schutzschild.

Helen blickte auf die Fassade der Villa wie auf einen Menschen, von dem man sich bereits verabschiedet hat. Sie verfolgte den Verlauf der Säule, die in der Spirale des dorischen Kapitells endete, und stellte sich vor, wie R. einmal mit einem spitzen

Bleistift diese spiralförmige Bewegung gezeichnet und sich dabei vorgenommen hatte, diese Bewegung in Stein hauen zu lassen. Wie sinnlos diese Festung war. Sie rief Gabriel an, um ihm zu erklären, dass sie mit dem Portrait früher fertig geworden war und schon morgen wieder nach Hause käme.

„Morgen schon?“, rief er überrascht. „Ich muss es sofort Mariella sagen. Das müssen wir feiern“, sagte er. „Ich stelle schon mal den Champagner kühl. Jetzt können wir es uns ja leisten! Und was ist mit R., was wird er mit dem Portrait machen?“, fragte er neugierig.

Tatsächlich hatte sich Helen noch keine Gedanken darüber gemacht, was mit dem Portrait geschehen würde.

„Er wird irgendwo in seiner Villa noch eine leere Wand finden“, antwortete Helen.

„Er sollte jedenfalls eine Alarmanlage haben. Es wird sicher einmal das teuerste Stück seiner Sammlung.“

„Ich könnte keinen Tag länger hierbleiben“, sagte sie.

Gabriel lachte, und sein Lachen beruhigte sie. Sie staunte über sich selbst, wie gelassen und sogar fröhlich ihre Stimme klang, wenn sie mit ihrem Bruder redete. Sogar ihr Lachen schien hell und sorglos.

„Ich rufe dich an, sobald ich auf dem Flughafen bin“, sagte sie mit fester Stimme.

„Also, dann bis morgen.“

Sobald Helen den Hörer aufgelegt hatte und aufstand, fühlte sie einen harten, scharfen Stich in der Magengegend. Morgen würde sie Gabriel all das erzählen müssen, was sie bisher vor ihm verheimlicht hatte. Wie würde sie ihm erklären, dass sie geflüchtet war und die zweite Hälfte des Geldes nie bekommen würde?

Helen öffnete den Koffer und legte die wenigen Dinge hinein, die noch von ihr in der Wohnung waren. Das letzte Mal hatte sie ihn vor zweieinhalb Monaten gepackt. Pfeifend und summend hatte sie die Kleider gefaltet und in den Koffer gelegt. Sie konnte sich noch genau erinnern, wie sie Lucilles Koffer auf dem Futon geöffnet hatte und wie sie mit dem Rücken zum Sonnenlicht stand. Sie suchte in ihrer Erinnerung ein Zeichen des Unheils. Gab es da nicht eine kurze Verdüsterung der Sonne vielleicht, die eine kaum wahrnehmbare Verdunklung im Zimmer verursachte? Oder einen Misston in ihrer summenden Stimme; einen kaum hörbaren, falschen Ton? Aber da war nichts dergleichen. Sie hatte nichts geahnt. Und das war vielleicht das Schlimmste: die stille Hinterhältigkeit, mit der das Unglück über sie hergefallen war.

Hastig warf Helen die Kleider in den Koffer und lauschte dabei ängstlich, ob sie die Tür unten zufallen hörte. Mehrmals schaute sie sich um; vielleicht hatte R. einen Schlüssel zu ihrer Wohnung und kam lautlos die Treppe hoch, stand plötzlich im Zimmer? Sie zog die Riemen des Koffers so eng wie möglich zu und bestellte ein Taxi für den nächsten Morgen. Sie hörte unten die Tür der Zimmermädchen und gleich darauf das gurgelnde Geräusch der Wasserleitung. Es war ihr jetzt egal, was sie taten.

Sie schlief mit dem Kopf auf dem Koffer, unruhig wälzte sie sich hin und her. Beim leisesten Geräusch fuhr sie auf. Einmal sprang sie sogar mitten in der Nacht aus dem Bett und rannte zur Wendeltreppe, von wo sie in die Küche hinunterspähte, weil sie glaubte, von dort Schritte gehört zu haben.

Am Morgen war die Brandwunde noch dunkler, fast braun. Verwelkt. Gestorbene, aber immer noch glühende Haut, dachte sie; wenn es eine Narbe gibt, habe ich sie R. zu verdanken.

Sie warf einen letzten Blick auf die Matratze. Während sie, den Koffer in der Hand, die Haustreppe hinunterstieg, summte sie leise vor sich hin, aus Angst, R. könnte in letzter Minute doch noch kommen und sie auf der Flucht ertappen. Leise schloss sie die Tür hinter sich ab und eilte mit schnellen Schritten und ohne noch einmal zurückzublicken durch das Nebentor hinaus. Der Regen hatte aufgehört, nur kleine Wolken drängten sich einzeln am Himmel, die wie verängstigt Anschluss suchten. Es würde ein kalter, aber schöner Tag werden. Das wartende Taxi kam ihr vor wie ein Rettungsboot, das sie aus einer Sturmzone in Sicherheit bringen würde. Der Fahrer nickte ihr zu, als er sie kommen sah. Es war noch kühl so früh am Morgen; Tau lag auf dem Gras. Der Taxifahrer startete den Motor, und Helen atmete auf.

Die Straße war mit Laub bedeckt, die Blätter waren in diesem Jahr schon früher von den Bäumen gefallen als sonst. Die Bäume streckten ihre kahlen Äste der aufgehenden Sonne entgegen, als wären sie enttäuscht über einen zu kurzen Sommer. Nur wenige Minuten später waren sie auf der Autobahn, und in der Ferne konnte sie die Skyline der Stadt sehen. Aber die Türme aus Glas und Aluminium, die ihr beim ersten Anblick so mächtig vorgekommen waren, schienen jetzt unter dem chromblauen Himmel zu kauern und wirkten verlassen und verloren in der Weite.

Allmählich lehnte sie sich zurück und lockerte den Griff um ihre Handtasche. Sie hatte sie so fest umklammert gehabt, dass ihre Fingernägel rote, halbmondförmige Abdrücke in ihren Handballen hinterließen. Dabei bemerkte sie Farbreste an den Rändern der Fingernägel. Nach dem Malen reinigte sie ihre Hände mit Terpentin, aber es blieb immer ein wenig Farbe an den Fingern zurück. Das hatte sie nie gestört, im Gegenteil: Sie mochte es, die Spuren der Arbeit an ihren Händen zu sehen. Aber jetzt blickte sie voller Ekel auf ihre Hände. Es war die Farbe, die sie benutzt hatte, um R.s Portrait zu malen, sie kam ihr vor wie Schmutz.

Es gibt keinen Weg mehr zurück, dachte sie, das Ticket ist am Schalter der Fluggesellschaft hinterlegt. Ich brauche es nur zu holen. Eine freundliche Person würde ihr die Bordkarte überreichen und sie mit einem Lächeln zur Passkontrolle weisen.

Helen sah ihre Abreise wie einen Film, wodurch sie noch endgültiger wurde. Ein Flugzeug stieg steil in den Himmel, flog tief über der Autobahn direkt über sie hinweg. Helen sah den mächtigen Flugzeugkörper in den Himmel steigen. Bald werde auch ich dort oben sein, dachte sie.

Dem Taxifahrer gab sie ein ungewöhnlich hohes Trinkgeld; sie hätte ihn umarmen können vor Dankbarkeit, sie hierher gebracht zu haben.

„Ich bringe jeden Tag viele Leute zum Flughafen", sagte er und nahm das Geld entgegen, „und manchmal möchte ich einfach mitfliegen und nicht mehr zurückkommen." Helen blickte ihn an. Der Taxifahrer lachte, reichte ihr das Gepäck und wünschte ihr einen guten Flug.

Durch eine gläserne Drehtür gelangte sie in die Abflughalle. Schon so lange war sie nicht mehr unter Menschen gewesen. Das Surren der Bildschirme, das Klappern der Informationsdisplays, das Reden, Lachen und Rufen der Menschen, die Stimmen aus den Lautsprechern: das ganze belebte Durcheinander, sie sah und hörte alles gleichzeitig. Sie blieb stehen und stellte den Koffer ab. Neugierig sah sie sich um. Die Menschen eilten an ihr vorbei, eifrig im Getümmel ihren Weg suchend. Sie streckte ihren Hals, ihre von der Anspannung schmerzenden Schultern lockerten sich plötzlich; zögerlich öffnete sie ihre Arme, vogelhaft wie vor dem Start eines Fluges. Hier, inmitten von Fremden, die sie nie wiedersehen würde, fühlte sie sich plötzlich aufgehoben, und in einem Moment der Erleichterung erkannte sie sich in den Menschen wieder, und sie wusste, es drohte ihr nichts. Sie war frei. Auf dem Bildschirm suchte sie nach ihrem Flug. Sie hatte eine Berechtigung, hier zu sein, und ganz in der Nähe gab es ein Flugzeug, in dem sie erwartet wurde. Sie atmete tief ein, und es war, als füllten sich ihre Lungen zum ersten Mal seit Monaten wieder richtig mit Luft. Bald würde sie davongetragen werden, und wenn sie während des Aufstiegs aus dem Flugzeugfenster blickte, würde sie zum letzten Mal die Stadt sehen, vielleicht sogar die Villa, einen winzigen Punkt, fast nicht mehr erkennbar. Die Skyline der Stadt würde rasch kleiner werden, und sie würde erkennen können, wie die Stadt umschlossen war von Landschaft, die viel größer war als die Stadt selbst, aber auch diese Landschaft würde vor ihren Augen schrumpfen, bis sie schließlich hinter dem Rand des Flugzeugfensters ganz verschwand.

Sie konnte es nicht mehr erwarten, diesen Boden zu verlassen. Entschlossen umklammerte sie den ledernen Koffergriff, machte auf dem Absatz kehrt und ging in Richtung des Check-in-Schalters.

Die Hand legte sich auf ihre Schulter mit der Verlässlichkeit und Selbstverständlichkeit, als gehörte sie dort hin. Helen wusste, wer es war, noch bevor sie sich umdrehte. Sie kannte die Hand, sie kannte den Griff. Seine kleinen, harten Finger drückten ihre Schultern, eine kaum wahrnehmbare Berührung, die ihren Rücken aber augenblicklich steif und sie ein wenig kleiner machte. Sie blickte zwar noch in die Richtung, in die sie hatte gehen wollen, aber im Augenwinkel konnte sie schon seine gedrungene Gestalt erkennen.

„Das Bild ist noch nicht fertig, Helen. Wir haben einen Vertrag geschlossen, haben Sie das vergessen?“, hörte sie seine Stimme mit drohendem Unterton sagen, und er nahm ihr brüsk den Koffer aus der Hand. Sie wollte ihn wieder zurücknehmen und ihren Weg zum Check-in-Schalter fortsetzen. Aber ihre Hand hatte keine Kraft, ihr ganzer Körper schien wie gelähmt. Sie wollte um Hilfe rufen. Aber die Menschen eilten gleichgültig an ihr vorbei. Sie suchte Augenkontakt, irgendjemanden, dem sie in die Augen schauen konnte und der sehen würde, der erkennen könnte, dass hier etwas nicht stimmte, dass der Mann neben ihr sie in eine Richtung zwang, in die sie nicht gehen wollte. Aber da gab es keine Augen, in die sie hätte schauen können. Alle Leute blickten entweder auf den Boden oder zielgerichtet geradeaus, sie merkte, wie einige ihrem Blick sogar auswichen, als wollten sie vermeiden, ihre Verzweiflung zu sehen.

R. führte sie raschen Schrittes aus der Abflughalle, die Hand wie eine Waffe in ihrem Rücken. Mechanisch setzte Helen einen Fuß vor den anderen. Die gläserne Drehtür, die sie vor wenigen Minuten in die Freiheit führte, schob sie jetzt wieder auf die andere Seite zurück. Schweigend gingen sie zu seinem Wagen. Mit einem kaum hörbaren Geräusch fiel der Kofferraumdeckel zu, und ehe sie es sich versah, fuhr sie den gleichen Weg, den sie gerade erst gekommen war, wieder zurück.

Er fuhr schnell. Sie blickte nicht aus dem Fenster. Nur das tickende Geräusch des Blinkers war zu hören. Sonst war es still. Helen starrte auf die hölzerne Armatur vor sich und studierte die Maserung, die Verschnörkelungen im Holz, winzige Wirbel. Sie wartete auf einen Zornesausbruch, auf Beschimpfungen, eine Ohrfeige vielleicht. Aber R. sagte kein Wort. Sie überlegte, ob sie die Tür des fahrenden Wagens öffnen und hinausspringen sollte. Im Rückspiegel konnte sie kein Auto sehen. Vielleicht konnte sie auf die Seite in die Böschung rollen? Es war beinahe ausgeschlossen, einen Sprung aus dem Wagen ohne Verletzung zu überstehen. Aber mit jedem Meter, mit dem sie sich weiter vom Flughafen entfernten, wurde ihr Verlangen auszusteigen stärker. Mit der Hand suchte sie nach dem Türgriff. Dann lehnte sie sich mit dem Oberkörper ein wenig gegen die Seite und drückte den Hebel nach unten, aber die Tür öffnete sich nicht. R. hatte den Wagen verriegelt und schien nichts von ihrem

Vorhaben zu bemerken. Von der Seite konnte sie sein ausdrucksloses Gesicht sehen, die leicht hängende Wange, die silbergrauen Haare an den Schläfen. Er saß zurückgelehnt, den Hinterkopf in die Nackenlehne gepresst. Aber seine Finger hielten das lederumkleidete Lenkrad nur leicht. Gerade so, als würden sie schweben, und er bräuchte das Lenkrad gar nicht erst zu berühren – es würde sich ganz von selbst in die von ihm gewünschte Richtung bewegen.

Kurz vor der Einfahrt der Villa lag ein toter Fuchs auf der Straße. Der Fuchs war gerade erst überfahren worden, er lag in seinem hellen Blut, in Rinnsalen floss es sternförmig in alle Richtungen. Der Fang war weit geöffnet und das Gebiss ausgestellt, Helen konnte die blutigen Lefzen sehen. Im letzten Moment riss R. das Lenkrad herum, um nicht über das Tier zu fahren. Er fluchte und machte dabei eine abschätzige Bemerkung über Tiere, die frei herumlaufen. „Man sollte sie alle erschießen oder einsperren", sagte er verärgert.

Das massive Haupttor öffnete sich automatisch. Knirschend rollten sie über den Kies und hielten vor der steinernen Treppe, die zum Portal der Villa führte. Sie blickte links zum Bedienstetenhaus und zu der Kastanie davor, deren Blätter sich leicht im Wind wiegten, als winkten sie ihr spöttisch zu. R. öffnete die Wagentür und hieß sie mit einer Handbewegung, ihm zu folgen.

Über dem Türrahmen surrte das Objektiv der Kamera. Der Flur, der in die Eingangshalle führte, kam ihr jetzt noch höher, noch gewaltiger vor. Sie hörte das Klappern ihrer Absätze und das Quietschen seiner Gummisohlen. Erst jetzt bemerkte sie, dass R. gar keine Schuhe trug, sondern gleich in den Slippern in den Wagen gestiegen war. Das Geräusch seiner Sohlen klang merkwürdig unpassend und wie verräterisch in dieser luxuriösen Umgebung, und R. schien sich auch zu beeilen, in die Eingangshalle zu kommen, wo der Teppich das Geräusch verschluckte. Neben dem runden Tisch blieb sie stehen. Sie blickte zum Blumenstrauß hoch, der ihr noch üppiger vorkam als bei ihrer Ankunft, aber dieses Mal atmete sie den Duft der Blumen wie eine schlechte Nachricht.

Ein großes, in Leder gebundenes Buch, auf dem „Unsere Gäste“ stand, lag auf dem Tisch. Durch die gläserne Kuppel fiel Tageslicht, das sich in dem Kristalllüster über ihnen brach. Tausendfache Lichtsplitter tanzten durch die Halle, und plötzlich wurde ihr schwindlig, ihre Knie wurden weich und drohten im nächsten Augenblick einzuknicken. Mit beiden Händen stützte sie sich auf dem Tisch ab.

Sie behielt die Augen offen, konnte aber trotzdem ein paar Sekunden lang nichts sehen. Ihr Kopf dröhnte, und plötzlich kam ihr in den Sinn, dass sie seit zwei Tagen ja nichts mehr gegessen hatte. Wie aus dem Nichts kam Joseph lautlos über den

Läufer die Treppe herab. Die Lichtsplitter überzogen tanzend sein Gesicht. Im Licht des Kristallleuchters wirkte er beinahe zerbrechlich. Dennoch trat sie einen Schritt zurück, als ob auch von ihm eine unterschwellige Gefahr ausging, die sie nicht abschätzen konnte. Aber Joseph kam, die Arme auf dem Rücken verschränkt, freundlich lächelnd auf sie zu. „Geht es Ihnen nicht gut, Madame?", fragte er in seinem sanften Tonfall und neigte sich ein wenig zu ihr hinunter, zögernd, als ob er überlegte, ihr eine Hand anzubieten.

„Danke, es geht schon", antwortete sie und richtete sich auf.

„Ich habe das Frühstück draußen gedeckt", sagte Joseph, seine Stimme kam wie von weither. Nebeneinander schritten sie durch die Halle, R. und Joseph, Helen in der Mitte.

Der Tisch auf der Veranda war für zwei gedeckt. R.s Initialen waren auf den Tellern und Tassen aufgemalt und in die Damast-Servietten gestickt. Helen wunderte sich, es war eigentlich viel zu frisch, um draußen zu sitzen.

„So ein schöner Tag heute!", sagte Joseph. „Darauf haben wir lange gewartet. Wer weiß, wie lange das Wetter noch halten wird. Hoffentlich nicht der letzte schöne Tag in diesem Jahr", sagte er mit einem fragenden Blick in den blauen, wolkenlosen Himmel. Die Sonne war schon halb hinter dem Pavillon aufgegangen. Aber die Markisen flatterten im kalten Wind, und R. musste eine Serviette festhalten, die andernfalls vom Tisch geflogen wäre. Während Joseph den Tee einschenkte, nutzte Helen die Gelegenheit und stand auf. Rasch eilte sie durch die Eingangshalle und öffnete rechts neben dem Treppenaufgang die Tür zu den Gästetoiletten. Niemand würde sie hier hören können. Sie nahm ihr Mobiltelefon aus der Handtasche und wählte Gabriels Nummer. Hastig erklärte sie ihm, dass sie doch noch etwas an dem Portrait ändern müsse und sie deshalb erst in zwei Wochen zurückkommen könne, wenn der Vertrag abgelaufen sei.

„Ich dachte mir schon, er würde dich bis zur letzten Minute behalten. Ist alles in Ordnung? Geht es dir auch gut?" Er gab sich Mühe, gelassen zu klingen, doch die Sorge in seiner Stimme war nicht zu überhören. Sie lachten beide, aber Helens Lachen war gequält. Sie musste sich auf jeden Schritt konzentrieren. Das Teppichmuster in der Eingangshalle schien lebendig zu sein, die blauen Ranken reckten sich ihr wie wild wuchernde Schlingpflanzen entgegen. Der Lüster wogte sanft im Wind, der durch die geöffnete Verandatür zog; Helen blieb kurz stehen und blickte nach oben, wo die Kristalltropfen leise klirrend aneinanderschlugen.

Tiara lag eingerollt in einem Sessel im Schatten der Markise. R. kraulte ihren Nacken, seine Beine waren übereinandergeschlagen, mit dem Fuß wippte er langsam auf und ab.

„Wo wollten Sie denn heute Morgen so eilig hin?“, fragte er mit ruhiger Stimme, faltete die Serviette auf und legte sie über seine Knie.

Er wartete nicht auf ihre Antwort, sondern fügte sogleich hinzu: „Ein richtiges Zuhause haben Sie ja nicht!“ Er schüttelte dabei den Kopf und konnte es sich nicht verkneifen, die Mundwinkel zu einem winzigen spöttischen Lächeln zu verziehen. Helen wusste nicht, was sie darauf sagen sollte.

„Sie machen zu viele Dummheiten“, sagte er schließlich mit ernster Stimme, rückte den Stuhl näher an den Tisch und richtete sich auf. Mit einem Ich-werde-jetzt-frühstücken-Gesicht blickte er über die Platte mit dem Roastbeef, dem Käse und den Korb mit den Brötchen. Lange und heftig rührte er mit dem Löffel im Kaffee. Mit alarmierendem Klingeln schlug der Löffel an das Porzellan. Sie wartete darauf, dass er mit dem Rühren aufhören würde. R. köpfte das gekochte Ei mit einem einzigen gezielten Schlag seines Messers, brach das Croissant entzwei und tauchte es in das flüssige Eigelb.

„Sie können doch froh sein, überhaupt noch zu leben“, sagte er kauend. Während er sprach, starrte sie auf einen Krümel, der an seiner Unterlippe klebte. R. sah sie jetzt verwundert an wie jemanden, der eigentlich schon längst hätte tot sein sollen, aber irgendwie überlebt hat. Er schien auf etwas zu warten, auf Tränen vielleicht. Aber Helen weinte nicht. Er suchte vergeblich nach Augenringen, nach

Spuren der Übermüdung oder Verzweiflung. Als wäre ich ein angeschossenes Reh, überlegte sie, das bereits in seinem eigenen Blut liegt. Helen konnte genau sehen, wie er sich im Stuhl etwas zurücklehnte und sie betrachtete wie man ein Gemälde betrachtet, in dem man plötzlich etwas Neues entdeckt hat, was einem bisher entgangen war, einen Farbton oder eine Schattierung, das aber die Bedeutung des Bildes völlig veränderte. Er musste sich in diesem Moment brillant vorkommen.

Mit einer befeuchteten Fingerkuppe tupfte er ein paar Brosamen vom Tisch. Dann warf er beschwingt die Serviette auf den Teller, stand auf und neigte sich über einen Topf mit gelben Zwergrosen. Er nahm eine Blüte zwischen die Finger und roch daran.

„Komm!“, rief R. ihr plötzlich zu und wies in Richtung des Pavillons.

Sie folgte ihm zögernd über die Granitplatten, die in das Gras eingelegt waren und eine direkte Verbindungslinie zwischen der Villa und dem Pavillon bildeten.

R. musterte sie auf dem Weg unverwandt von der Seite. Er betrachtete ihre Nackenhaare, den blonden Flaum. Dann schaute er auf ihre schmalen, mädchenhaften Fesseln, die er mit einer Hand leicht hätte umfassen und sie dabei hätte zum Stürzen bringen können.

Die Steinplatten vor ihr erinnerten Helen an das Spiel „Himmel und Hölle“, das sie früher manchmal mit den Nachbarskindern gespielt hatte. Man warf einen Kieselstein auf ein Feld und hüpfte auf einem Bein in die leeren Felder. Nur wenn man auf einem Bein in alle Felder hüpfen konnte, ohne die Balance zu verlieren, war man gerettet. Entweder kam man in den Himmel oder in die Hölle. Dazwischen gab es nichts.

R. öffnete die Tür zum Pavillon, als wäre sie immer schon geöffnet gewesen. Das Klima war tropisch. Die Sonne schien durch das Glasdach, glitzernd brachen sich die Strahlen auf der Wasseroberfläche. Der Pool war nur bis zur Hälfte mit Wasser gefüllt.

Zum ersten Mal konnte sie die Zeichnungen an den Wänden aus der Nähe betrachten. Es waren Darstellungen eines Zentaurenkampfs. Ein Pferdehuf schwebte über einem Menschenkopf, kurz bevor er ihn zertrat. Sie konnte schmerzverzerrte Gesichter mit aufgerissenen Mündern sehen und muskulöse Pferdebeine, die rücksichtslos über alles hinwegtrampelten. Am Ende des Pools standen links und rechts die beiden griechischen Göttinnen, die mit gleichgültigem Gesichtsausdruck über das Wasser schauten.

Helen wischte sich mit dem Ärmel den Schweiß von der Stirn. Das Hemd klebte auf ihrer Haut. Es war ihr unangenehm, mit R. alleine in dem Pavillon zu sein. Sie kam sich vor wie in einer Falle. Sie blickte unruhig zur Tür.

„Ich weiß, es ist nicht leicht für Sie, das Portrait

wirklich zu beenden. Deshalb sollten Sie sich zunächst etwas entspannen", sagte R. und ging nebenan in die kleine Küche, in der sich eine Kaffeemaschine und ein großer Kühlschrank befanden. Der Kühlschrank war von oben bis unten gefüllt mit Getränken, als würde jeden Augenblick eine Menge Gäste erwartet.

R. nahm eine Limonade heraus und drückte ihr die kleine, eiskalte Flasche in die Hand. Die Kohlensäure wich mit einem zischenden Geräusch aus der Flaschenöffnung. Sie nahm einen großen Schluck, der so kalt war, dass es im Gaumen schmerzte.

„Sie haben das Schwimmbad, seit Sie hier sind, nie benutzt", sagte R. vorwurfsvoll.

„Hören Sie", erwiderte Helen und knallte wütend die Limonade auf den Tisch. „Ich kann an dem Gemälde wirklich nichts mehr machen." Es schien ihr, als hätte sie diesen Satz schon öfter gesagt.

R. schüttelte mit beleidigter Miene den Kopf. „Sie verstehen nicht, Helen, Sie sollen nur das Portrait beenden. Nichts weiter."

„Aber es ist beendet!"

„Nein, nein", sagte er. Er ging zu einem der Liegestühle und setzte sich.

Nach einer Weile fragte sie: „Wenn ich weiter daran male, wird es nur zerstört. Wollen Sie das?"

Aber R. antwortete nicht. Seine Augen sahen jetzt aus wie die Augen des Affen auf dem Gemälde. Ein stumpfes Schwarz.

„Schwimmen Sie ein bisschen. Denken Sie nicht an das Portrait. Morgen können Sie dann frisch und ausgeruht wieder neu anfangen.“

Helen zögerte. Es war heiß, und ehe sie es sich versah, hatte ihr R. einen Badeanzug in die Hand gedrückt.

„Nehmen Sie diesen“, sagte er, „er gehört meiner Frau.“ Er schob sie in die Garderobe und schloss die Tür.

Der Badeanzug war zu groß, er hing an ihr herunter wie ein Sack. Helen blickte über das glitzernde Wasser vor ihr; mit jedem kleinen Luftzug veränderte sich die Wasseroberfläche wie die Muster in einem Kaleidoskop. Sie stieg die Leiter hinab ins Wasser. Der Pool war tiefer, als sie dachte. Obwohl er nur zur Hälfte mit Wasser gefüllt war, konnte sie nicht darin stehen. Sie tauchte ab, schwamm über dem Granitboden und blickte um sich, als suche sie einen Ausgang oder einen Unterschlupf, in dem sie sich hätte verstecken können. Sie hielt den Atem an, so lange sie konnte. Mit den Händen berührte sie den Boden. Sie sah die Luftblasen, die aus ihrem Mund aufstiegen, und für einen kurzen Moment fühlte sie sich befreit.

Aber sobald sie wieder an die Oberfläche kam, klatschte ihr das Wasser ins Gesicht. R. hatte die Gegenstromanlage eingeschaltet. Die Strömung war so kräftig, dass sie an die gegenüberliegende Wand gedrückt wurde.

Breitbeinig stand R. jetzt am Rand des Pools. Er gestikulierte wild mit den Händen und redete in dem priesterhaften Ton auf sie ein, den sie von den Sitzungen so gut kannte und den sie gelernt hatte zu ignorieren.

„Sie müssen mir recht geben, Helen, wir leben in einer Zeit, in der es keine Richtlinien mehr gibt, keinen Respekt vor der Tradition. Hier, das sind noch perfekte Proportionen!“ Er deutete auf die griechischen Göttinnen, die Wächterinnen hinter ihm.

„Das Haus, jeder Stein, alles ist berechnet nach festgelegten Gesetzen.“ Er war aufgebracht, redete schnell und scheinbar ohne zu atmen.

„Sie können es sich ja leisten, in Ihrer perfekten Welt zu bleiben“, sagte Helen atemlos, während sie auf der Stelle schwamm, um sich über Wasser zu halten, „Sie brauchen die wirkliche Welt ja nicht zu sehen. Aber schalten Sie jetzt bitte diese Anlage wieder ab!“

Doch R. hörte ihr gar nicht zu und rief stattdessen auf sie hinunter: „Sie müssen mir zuhören!“

Sie tauchte ab, um unter der Strömung an der Seite hochzukommen, aber die Wand war auch hier zu glatt, und sie rutschte jedes Mal ab, wenn sie versuchte, sich daran festzuhalten. Auch unter größter Kraftanstrengung war es Helen jetzt unmöglich, vorwärtszukommen. Die Leiter war neben der Gegenstromanlage und für sie in unerreichbarer Ferne. Die Strömung schien immer stärker zu werden und verzehrte rasch ihre Energie.

Das Wasser wurde schwer, ihre Arme und Beine ruderten wie in einem Strom von Schlamm und Geröll.

„Sie haben ein seltenes Talent. Es ist Ihre Pflicht, es nicht verkümmern zu lassen! Sie müssen sich vom Rest der Welt abschließen und isolieren. Da draußen ist das Verderben“, er zeigte mit dem Finger geradeaus, in eine imaginäre Außenwelt. „Hier sind Sie beschützt“, er stampfte mit dem Fuß auf den Boden. „Sie sollten hierbleiben. Ich werde Ihnen helfen, Großes zu schaffen! Malen Sie das Portrait zu Ende, malen Sie noch mehr Portraits, machen Sie etwas, was WERT! hat.“ Und nach einer Pause fügte er hinzu: „Ich weiß, Sie können es, aber zuvor müssen Sie leiden. Nur wer leidet, bringt Großes zustande!“

„Ach was, Sie sind ja völlig verrückt! Lassen Sie mich sofort hier raus!“, wollte Helen schreien, stattdessen schluckte sie wieder Wasser und fing heftig an zu husten. Das Wasser, von der Anlage aufgewirbelt, schmeckte stark nach Chlor. Ihre Augen brannten. Helen schwamm jetzt nicht mehr, sondern strampelte mit Armen und Beinen und schnappte dabei nach Luft. R. machte immer noch keine Anstalten, die Gegenstromanlage auszuschalten. Die Arme vor der Brust verschränkt, stand er am Beckenrand und wippte auf den Zehenspitzen auf und ab. „Sie glauben, Sie könnten dem Leiden entgehen? Ein Künstler muss das Letzte geben!“ Er wippte immer heftiger, und es sah aus, als ob er gleich nach vorn kippen und in den Pool fallen würde.

„Eines Tages werden Sie mir dankbar sein!"

In der Ferne hörte sie seine Stimme, ein monotones Schlagen einer Trommel. Sie schrie jetzt um Hilfe, mit letzter Kraft ihren Kopf über Wasser haltend. Aber sie konnte weder ihre Stimme hören noch ihre Beine und Arme fühlen.

Die Wiese war gelb und leuchtete. Sie rannten über ein Feld von Butterblumen ins Grüne hinein. Gabriel rannte vor ihr. Seine mageren weißen Beine kamen unter den zu kurzen Hosenbeinen hervor, die nur knapp bis unter das Knie reichten. Er trug braune Lederschuhe. Der Schnürsenkel des rechten Schuhs hatte sich gelöst und baumelte bei jedem Schritt hin und her.

Es war heiß, die Luft roch nach Heu und wilden Blumen. Helen wollte lachen vor Freude. Aber dann begriff sie: Sie rannten ja nicht zum Vergnügen den Hügel herab. Sie rannten aus Angst.

„Nicht zurückschauen", schrie Gabriel mit keuchendem Atem. „Nicht zurückschauen!", und dann fiel er. Stolperte über den gelösten Schnürsenkel und stürzte. Er purzelte ein paar Meter den Hügel hinunter, und sein Körper schien bei jedem Schlag auf die Erde mehr zu zerbrechen. Auf einmal blieb er liegen und rührte sich nicht mehr. Er lag auf dem Rücken, die Arme und Beine grotesk verrenkt. Helen schrie auf ihn ein und schüttelte ihn, aber Gabriel antwortete nicht. Ein Blutstrom sickerte aus seinem halb geöffneten Mund ins Gras. Jeder Tropfen, der herausfloss, schien ihn leichter zu machen. Gabriel verblutete in ihren Armen. Helen schrie um Hilfe und blickte um sich. Aber da war weit und breit kein Mensch zu sehen. Nur das Butterblumenfeld lag hinter ihnen in der sengenden Sonne. Gelb und schweigend. Sein Schuh hatte sich im Sturz gelöst und lag etwas weiter unten, wie verloren, im Gras, und in diesem Moment wurde ihr klar, dass sie für immer verlassen worden war und Gabriel nie wieder zurückkehren würde.

Die Nacht war hereingebrochen. Im Dunkeln öffnete sie die Augen. Sie war noch immer im Pavillon, schweißüberströmt lag sie unter einem Bademantel auf dem Liegestuhl. Stöhnend vor Schmerzen setzte Helen sich auf. Ihre Muskeln waren zu sehr gedehnt worden. Sobald ihr bewusst wurde, wo sie war, bohrte sich das beklemmende Gefühl, gefangen zu sein, wie eine lange Schraube in ihren Magen. Schnell zog sie sich an, streckte sich und ging ein paar Schritte auf und ab.

„Ich kann noch gehen!“, schrie sie in Richtung der Villa, aber ihre Stimme verhallte in dem Pavillon. Darauf folgte nur das gleichmäßige Surren einer Lüftung. Das Wasser im Pool breitete sich schwarz vor ihr aus. Durch das Glasdach konnte sie Sterne sehen. Die Tannen waren jetzt unsichtbar, bildeten eine gezackte Silhouette gegen den Sternenhimmel. In der Ferne die Villa. Die Fassade war von außen beleuchtet und wirkte im Licht der Scheinwerfer kulissenhaft und unwirklich. Unten rechts, wo sich die Bibliothek befand, war ein erleuchtetes Fenster. Plötzlich konnte Helen dort R.s Umrisse sehen. Eine winzige Gestalt, umschlossen von der Finsternis. Er hob den Arm und schien zu winken.

Wink nur, dachte sie, niemand wird kommen, und Helen sah es plötzlich und nicht ohne Schadenfreude deutlich vor sich, wie er vergeblich in die Nacht hinauswinkte, obwohl es niemanden gab, der auf ihn wartete, weder Kinder noch Frau noch Freunde. Er hatte nur sie, eine Gefangene.

R. kam noch näher ans Fenster, drückte sein Gesicht gegen die Scheibe und öffnete seinen Mund für stumme Rufe in ihre Richtung. Er winkte ihr wieder zu, seine winzige Hand wedelte unbeholfen über seinem Kopf hin und her.

Was wollte er? Aus der Distanz wirkte er harmlos und geradezu bemitleidenswert, so wie er dort verloren am Fenster stand, zwischen den schweren, teuren Gegenständen, die ihn umzingelten, grimmige Bewohner, die sein Haus besetzten. Helen stand auf, zog ihre Kleider an und trat hinaus. Es war kühl geworden. Ihr Haar war noch feucht, und sie fröstelte.

Da schob R. in der Villa die Glastür auf und trat

auf die Veranda. Mit jedem Schritt, den sie näher kam, wurde sie langsamer; sie blickte um sich, auf der Suche nach Deckung oder einem Fluchtweg, den sie entlangrennen könnte. Geduldig wartete R. im Licht der Scheinwerfer. Sobald sie die Veranda erreichte, legte er seine Hand auf ihre Schulter und führte sie umstandslos in die Bibliothek. Sie schob sofort seine Hand von ihrer Schulter weg, aber er legte sie unbeeindruckt wieder zurück.

Neben dem Sofa gab es einen elektrischen Kamin, den man per Knopfdruck ein- und ausschalten konnte. Hinter der Funkenschutzscheibe brannte ein kleines Feuer.

Helen setzte sich auf das Sofa neben den Kamin. Sie rutschte so nahe wie möglich an das kleine Feuer und streckte ihre Füße danach aus, um sie zu wärmen. Aber die dicke Glasscheibe hielt die Wärme zurück.

R. holte indessen ein dickes Buch aus dem Regal. Ein Fotoalbum. Er setzte sich neben sie und schlug es auf: Fotos von ihm und seiner Frau. „Unser erster Urlaub", sagte er. Sie sah eine großgewachsene Frau vor einer griechischen Säule der Akropolis. In Jeans und einem hellblauen T-Shirt. Die langen roten Haare fielen ihr über die Schultern. Auf dem Foto konnte man sehen, dass sie schön war. Sie hatte ebenmäßige Gesichtszüge und lächelte erwartungsvoll, als sähe sie in der Ferne etwas, auf das sie schon lange gewartet hatte.

Ein anderes Foto zeigte sie in einem tief ausgeschnittenen Kleid aus schwarzem Atlas. Auf ihrem Dekolleté und an ihren Ohrläppchen funkelten Diamanten. Ihr Lächeln war sicher und fest, sie stand in ihrem Kleid und dem Schmuck da wie in einer Rüstung, bereit, in die Schlacht zu ziehen.

„Haben Sie jemals etwas so Schönes gesehen?", fragte R. mit vor Ergriffenheit leiser Stimme. „Sie heißt Deborah."

Aber Helen schwieg und blickte in das Feuer. Mit beiden Armen umklammerte sie ihren Oberkörper. Ihr war kalt, und sie wartete, bis das Feuer im Kamin größer wurde. Aber die Flammen blieben klein und bewegten sich kaum. Noch nie hatte sie ein derart regloses und geräuschloses Feuer gesehen.

Neben ihr saß R., in das Album versunken. An was er sich wohl jetzt gerade erinnerte? Helen versuchte, mit dem Fuß die Funkenschutzscheibe etwas zur Seite zu schieben, aber sie war zu schwer und rührte sich nicht von der Stelle. Die Flammen bewegten sich noch immer kaum.

„Warum haben Sie eigentlich einen so großen Kamin, wenn Sie darin kein vernünftiges Feuer machen können?", fragte Helen.

Aber R. nahm keine Notiz davon, er starrte noch immer auf das Foto.

„Deborah hat Hunderte solcher Abendkleider im Schrank und Schubladen voll von Schmuck. Perlen aus Tahiti, Brillanten, Gold. Man könnte wahrscheinlich eine ganze Badewanne allein mit Deborahs Schmuck füllen!", sagte er plötzlich mit erregter Stimme. Er atmete jetzt schneller. Beim Gedanken an die vielen Geschenke, die er seiner Frau gemacht hatte, schien sein Herz zu jagen; eine Schweißperle rollte aus seinem Haaransatz an der Schläfe die Wange herunter und bildete einen dunklen Fleck auf dem Polster des Sofas. Helen rutschte weiter von ihm weg und drückte sich noch mehr in die Sofaecke hinein. Aber er rutschte nach, auf seinen Knien das geöffnete Album. Deborah schaute von dem Foto drohend zu ihnen herauf.

R. musterte Helen jetzt neugierig, als wollte er sehen, ob die Erwähnung von Deborahs Reichtümern irgendetwas in ihr ausgelöst hatte. Dann richtete er sich auf: „Schau, unsere Urlaube. Wir waren an den schönsten Orten der Welt, in den besten Hotels. Ich habe Deborah immer nur das Beste gegeben!" Dabei betonte er das Wort „Beste", es schoss wie eine kleine harte Kugel aus seinem Mund. Helen rieb sich die Augen; sie war plötzlich unendlich müde.

R. zeigte ihr Bilder eines Weihnachtsfestes: Deborah auf den Knien vor einem reich geschmückten, riesigen Weihnachtsbaum sitzend, inmitten von Paketen und zerknäultem Geschenkpapier. Ihr Kopf über eine Schmuckschatulle gebeugt.

Helens Blick schweifte ab. Sie wollte gehen und versuchte, sich zu erheben. Aber R. hielt sie zurück, indem er sie unmissverständlich ins Sofa zurückdrückte. Sie erschrak über die rohe Kraft, mit der er sie anfasste, und blieb steif auf der vordersten Kante des Sofas sitzen.

„Schau“, sagte er in eindringlichem Ton, „hier, die Hochzeitsreise.“

Alles war in perfektes Licht getaucht, die Hotelzimmer, weiße Strände, opulente Buffets und immerzu Deborahs allgegenwärtiges Lächeln. Ihr Lächeln schien von Foto zu Foto breiter zu werden, ihre Zähne weißer, und allmählich verwandelte sich das Gesicht in etwas Monströses und Fratzenhaftes.

„Das würden Sie doch auch alles gerne haben, oder?“, sagte R. schließlich. Helen antwortete nicht, schockiert über seine Direktheit.

Er lachte laut, und der Hohn in seiner Stimme war nicht zu überhören. Wie beschützend legte er die Hände auf das Album und lehnte sich zurück, satt und zufrieden wie nach einem ausgiebigen Mahl.

„Ich werde morgen für ein paar Tage verreisen“, sagte er nach einer Pause.

Helen fuhr auf. „Sie fahren weg?“, fragte sie überrascht.

„Keine Sorge“, entgegnete er, „spätestens, wenn der Vertrag abläuft, bin ich wieder zurück. Dann können Sie gehen, wohin Sie wollen. In der Zwischenzeit, dachte ich, lasse ich Sie alleine und in Ruhe arbeiten. Vielleicht können Sie sich dann besser konzentrieren und das Portrait zu Ende bringen, so wie es unser Vertrag vorsieht.“

Seit sie hier war, hatte er noch nie etwas so Vernünftiges gesagt. Bereute er vielleicht bereits, was im Pool geschehen war? Er begleitete sie zur Tür, verabschiedete sie höflich und wünschte ihr eine gute, produktive Zeit. Helen atmete auf.

Über dem Türrahmen surrte das Objektiv der Kamera, drehte sich in ihre Richtung. Ein großes schwarzes Auge, das beobachtete, wie sie über den Kiesweg in das Bedienstetenhaus zurückging. Sie wusste, dass R. ihr mit Hilfe der Überwachungskameras nachspionierte, aber das war ihr jetzt gleichgültig. Erleichtert und verwirrt stieg sie die Stufen hinauf, die sie in die kalte Wohnung führten. Seine Entscheidung, die letzten Tage ihres Aufenthalts nicht in der Villa zu sein, veränderte alles. Seine Abwesenheit befreite sie augenblicklich von einer gewaltigen Last. Jetzt konnte sie die Zeit leicht hinter sich bringen. Vielleicht würde doch alles noch ein gutes Ende nehmen.

VII

Das Morgenlicht warf helle Rechtecke auf das glänzende Parkett. Das Portrait stand noch immer auf der Staffelei, Helen konnte nur dessen Rückseite sehen. Es roch beruhigend nach Ölfarben und Terpentin. Auf der Ablage die Farbtuben, Pinsel und die Flaschen mit Lösungsmitteln. Jetzt, da sie mit dem Bild zum ersten Mal alleine war, gewann es für sie wieder an Bedeutung. Zögernd kam sie näher. Sie schlich sich heran wie ein Tier an seine Beute. Langsam drehte sie sich zur Vorderseite der Leinwand. Das Portrait schien den Raum bis in die Ecken hinein auszufüllen, ja, ihn zu beherrschen und in Besitz zu nehmen. Wie ertappt blieb sie stehen. Vier Augen starrten sie an, als hätten sie ihr Kommen schon lange erwartet. Es war unmöglich, der Intensität ihrer Blicke auszuweichen, zu entscheiden, welches von den beiden Augenpaaren einen stärkeren Sog ausübte, das von R. oder das des Affen.

Der Affenkopf war von ägyptischer Anmutung. Die stumpfen, tiefschwarzen Augen machten ein Drittel des Gesichtes aus. Der Mund schien wie durch ein Siegel verschlossen.

Neben dem Affenkopf wirkte R.s Gesicht grob und unförmig. Die vortretenden Froschaugen, die hängenden Wangen, der schmale verkniffene Mund, alles in seinem Gesicht war schief und unausgewogen. Die Arme des Affen waren in einer lockeren, zwanglosen Geste um R.s Hals geschlungen. Wie ein altes Paar.

Sie teilten dasselbe Schicksal. Für immer aneinandergekettet, glichen sie einander in ihrem Ausdruck, in ihrem Wesen, als gehörten sie nicht zwei verschiedenen, sondern ein und derselben Spezies an.

R. und der Affe waren Gefangene des Dschungels. Das dichte Blätterwerk im Hintergrund bildete ein undurchdringliches Netz. Die fleischigen Blätter voller Kraft. Eine unterschwellige Aggression schien von den Pflanzen auszugehen, als könnten sie jeden Augenblick lebendig werden und sich in Hände verwandeln, bereit, zuzupacken und zu würgen.

Helen rückte etwas näher an das Bild heran.

Es fiel ihr auf, wie genau die Details geschaffen waren, jede mit Chlorophyll gefüllte Ader der Blätter, jedes Haar war mit derselben Präzision und Aufmerksamkeit gemalt. Die Affenhand ähnelte verblüffend der menschlichen, so, als könnte sie sich jederzeit bewegen, alle die Dinge tun, die eine menschliche Hand zu tun in der Lage war.

Helen rutschte mit dem Stuhl etwas zurück, um das Bild aus der Distanz zu betrachten. Der Fleck neben R.s Mund leuchtete wie ein Signal. Aber was Helen jetzt am meisten erschreckte, war die Kälte, die von dem Bild ausging. Es erinnerte sie an die Kälte des Kerzenbildes. Sie wandte sich ab und stand auf. Unruhig ging sie im Atelier auf und ab.

Wie lebendig und aufregend war ihr das Bild vorgekommen, als sie es zu malen begann, und wie tot war es jetzt. Die Pinsel lagen vertrocknet auf der Ablage, knochengleich und unbrauchbar. Helen wusste jetzt, es war ihr unmöglich, das Portrait je wieder zu berühren.

Helen stand hinter dem Fenster ihrer Wohnung am Waschbecken, ein Glas Wasser in der Hand. In dem Moment öffnete sich das Haupttor, und eine dunkle Limousine rollte langsam die Einfahrt hinauf. Sie erkannte Deborah sofort. Die hohe Gestalt, die langen roten Haare. Joseph kam aus dem Haus und beeilte sich, ihr Gepäck hineinzutragen.

Helen fragte sich, ob Deborah erst jetzt kam, weil R. weg war. Oder war R. weggefahren, weil sie kam? Sie konnte sich nicht zurückhalten, immer wieder hinüber auf die Villa zu blicken, in der Erwartung, in einem der Fenster Deborahs Silhouette zu sehen. Warum war sie gekommen? In Gedanken sah sie Deborah mit großen Schritten durch die Räume gehen, Tür um Tür öffnen und die Villa allmählich in Besitz nehmen. Das steinerne Gesicht der Fassade schien durch Deborahs Anwesenheit plötzlich mit Leben erfüllt.

Eine halbe Stunde später klopfte es an ihrer Tür. Es war Joseph, der kam, um ihr mitzuteilen, dass die Herrin des Hauses, wie er sie nannte, sie um sieben zum Abendessen erwartete.

Helen setzte sich. Ihr Herz schlug schneller. Was hatte R. ihr erzählt, hatte er seiner Frau überhaupt je von ihr und dem Vertrag erzählt, oder hatte sie ihre Anwesenheit erst heute, bei ihrer Ankunft, entdeckt?

Mit gestrecktem Rücken verließ sie das Haus. Sie hörte ihre Schritte auf dem Kies, ein ängstliches Knirschen. Joseph öffnete die Tür, noch bevor sie die Treppenstufen hinaufgehen und die Klingel hatte drücken können. Schweigend führte er sie in den Esssaal. Deborah saß schon am oberen Ende des langen Tisches. Hier, wo R. allein zu essen pflegte, an einem Tisch, an dem es genug Platz für zwanzig Menschen gab. Die leeren Stühle waren in gleichem Abstand voneinander an den Tisch geschoben, und im Licht der Kerzen schien sich die Armee von Stuhllehnen wie lebendig hin und her zu bewegen. Deborah trug schwere goldene Ohrringe, die Helen an römische Münzen erinnerten. Im Halbdunkel konnte sie jedoch nicht sehen, ob sie lächelte. Ihr Mund öffnete sich wie ein Schnappschloss: „Setzen Sie sich!"

Joseph trug das Essen auf. Helen schaute nicht auf den Teller, sie schob das Essen blind in kleinen Stücken in den Mund.

Deborah musterte sie über die Tischfläche hinweg.

„Sie sind also die Malerin", unterbrach sie schließlich die Stille und seufzte, über diese Tatsache gleichzeitig gelangweilt und enttäuscht.

„Mein Mann hat mir von Ihnen erzählt.“ Sie lächelte triumphierend, als hätte sie in einem Kartenspiel einen Joker gezogen, den sie später einsetzen und der ihr zum Sieg verhelfen würde.

„Ich fahre morgen wieder ab; ich bin nur auf der Durchreise, um Tiara zu holen. Das arme Tier geht hier doch ein!“ Sie hielt inne und blickte geistesabwesend in das Kerzenlicht. Für Sekunden schien ihr Kampfblick zu schwinden und einer Trauer Platz zu machen, die aber sofort wieder verschwand. Danach war ihr Gesichtsausdruck noch härter. Sie hob das Rotweinglas und nickte Helen zu.

„Ich weiß nicht, wie Sie hierher geraten sind, aber Sie sind nicht zu beneiden; lassen Sie sich gesagt sein, Sie sind nicht die Erste.“

Helen ließ das Besteck auf den Teller fallen.

„Das wussten Sie nicht?“

„Pablo Fernandez?“

Deborah musterte sie einen Moment mit scharfem Blick.

„Ach der? Ja, der auch, aber es gab noch andere, auch Frauen.“ Helen erinnerte sich daran, wie R. gesagt hatte, er habe das Atelier nur für sie einrichten lassen.

„Wissen Sie, es geht ihm gar nicht um die Bilder. In Wahrheit will er die Person, er will sich das Talent kaufen, das er selbst nie hatte. Für sich haben, verstehen Sie. Es besitzen. Der Narr!“ Sie fing laut an zu lachen.

„Ja, er hat mir erzählt, er wollte einmal selbst malen“, fügte Helen hinzu.

„Selbst malen? Das ist gut.“ Deborah lachte nur noch lauter. „Wenn er nur könnte!“

„Pablo Fernandez hat sich wegen R. umgebracht, nicht wahr?“, sagte Helen plötzlich, und Deborahs Lachen hörte schlagartig auf.

„Er war bildhübsch“, sie sagte es mit ehrlichem Bedauern.

In diesem Moment schlich Tiara herein und strich um Helens Beine. Sie konnte ihr weiches, kühles Fell am Knöchel fühlen. Deborah rief ihren Namen und warf ihr ein kleingeschnittenes Fleischstück zu.

„Freust du dich denn nicht?“, fragte Deborah.

Die Katze verschlang gierig das Stück Fleisch.

„Ich habe zehn Stunden im Flugzeug gesessen, nur um dich zu holen!“

Dann hob sie die Katze hoch und kraulte zärtlich versunken ihren Hals. Sie küsste ihren Kopf und flüsterte ihr Kosenamen ins Ohr, wie es Liebespartner tun.

Nach dem Essen führte Deborah sie in die Empfangshalle. Wie verloren standen sie unter dem riesigen Leuchter. Dann deutete Deborah auf die Büsten neben dem Treppenaufgang.

„Was ist das für ein Mensch, der Totenmasken von sich selbst anfertigt“, sagte sie und schüttelte verständnislos den Kopf.

Erst jetzt bemerkte Helen, dass die Büsten neben

dem Treppenaufgang Abgüsse von R.s Kopf waren. Die grauen, hohlen Augen schienen direkt auf sie zu sehen. Plötzlich war R. im Raum, er schaute von überall her zu ihnen herab, von den Wänden, vom Leuchter, jeder einzelne Kristall ein aufgesperrtes Auge.

„Kommen Sie!“, sagte Deborah, und Helen folgte ihr in das erste Stockwerk.

Deborahs Räume befanden sich im Westflügel des Hauses.

„Hier hat er gehockt und gewinselt“, sagte sie und zeigte voller Verachtung auf den Boden, „wie ein Hund.“ Sie wiederholte „Wie ein Hund.“ Dann öffnete sie die Tür.

Deborah führte sie in ihr Schlafzimmer. Die schweren Brokatvorhänge schluckten jedes Geräusch, und der Raum wirkte versiegelt, abgeschlossen und unzugänglich, ein Bunker tief unter der Erde.

Obwohl es nach frischen Blumen roch, hatte die Luft etwas Erstickendes und Betäubendes. Helen verspürte sofort das Bedürfnis, sich auf das große, weiche Bett zu werfen und zu schlafen. Die Kissen waren sorgfältig drapiert, und unter dem schweren dunkelgelben Überzug, dessen Farbe Helen an Kornähren erinnerte, vermutete sie mehrere Schichten duftender Laken. Alles war makellos und perfekt aufgeräumt. Auf dem Schminktisch standen die Parfumfläschchen und Zerstäuber ordentlich in einer Reihe. Nichts deutete darauf hin, dass der

Raum je benutzt worden war. Deborah schob die Tür des Wandschranks zur Seite. Ihre Kleider waren geordnet nach den Farben des Regenbogens.

„Möchten Sie etwas davon?“, fragte sie und lächelte Helen an. „Sie können haben, was Sie wollen. Morgen werde ich Joseph dazu veranlassen, alles, was noch von mir in diesem Haus ist, auszuräumen.“

Helen starrte in den Schrank. Was sollte sie damit? Sie strich mit der Hand über den Kragen eines Pelzmantels. Wahrscheinlich hatte Deborah die Kleider kein einziges Mal getragen, alles sah so neu und unberührt aus.

Deborah beugte sich über ein Nachthemd aus Spitze, ihre Hand schimmerte durch den transparenten Stoff. „Hast du je etwas so Delikates gesehen?“, fragte sie zu Helen gewandt.

Aber Helen antwortete nicht. Sie dachte an die Säcke, die manchmal im Winter gekommen waren, gefüllt mit Altkleidern, die das Sozialamt an die ärmsten Familien in der Stadt verteilte.

„Hören Sie mir eigentlich zu?“, rief Deborah plötzlich mit verärgerter Stimme, die Helen aus ihren Gedanken aufschrecken ließ. „Ich sage Ihnen etwas: Mein Mann ist krank. Ich habe oft befürchtet, wenn ich nach Hause kam, dass er sich vielleicht aus purer Langeweile am Kristallleuchter in der Eingangshalle aufgehängt hat. Ich habe es sogar gehofft. Das Problem ist, dass er zu gerne lebt.“ Und nach einer Pause fügte sie hinzu: „Sie werden sich vielleicht fragen, ob es immer so war, und ich kann Ihnen versichern, dass es vom ersten Tag an genau so war. Ich wollte sein Geld und sonst nichts.“

Einen Moment lang bewunderte Helen sie. Niemand konnte ihr etwas antun. Deborahs Kälte war von einer fast physischen Härte, sie wollte sie berühren, die Hand auf ihre Wange legen, um zu sehen, ob sie warm war, und auf ihr Haar, ob es echt war und weich und sich bewegen ließ.

„Was wird Joseph damit machen?“, fragte Helen und zeigte unsicher auf die Garderobe.

Deborah lachte. „Das ist nicht meine Sorge. Alle meine Spuren in diesem Haus werden morgen gelöscht sein.“ Sie schob die Tür des Wandschranks zu, die Farben verschwanden, und es war, als würde irgendwo im Zimmer ein Licht gelöscht.

Deborah erhob sich von dem Schminktisch, ging zum Fenster und blickte in die Nacht hinaus. Helen sah ihr festes rotes Haar, das bis fast in die Mitte ihres Rückens reichte. Sie war der Dunkelheit der Nacht zugewandt. „Ich kann Ihnen nicht helfen“, sagte sie und schüttelte langsam den Kopf. Dabei bewegte sich das Haar leicht hin und her und machte auf dem Seidenkleid ein leise knisterndes Geräusch.

VIII

Helen war allein. Niemand war mehr in der Villa. Sie ging hinaus, versuchte, das Nebentor zu öffnen, und sah, dass es verschlossen war. Auch das Haupttor ließ sich nicht öffnen. Die Tür zur Villa aber war zu ihrer Überraschung nur angelehnt. Sie rief Josephs Namen laut durch die Eingangshalle. Es kam keine Antwort. Auf dem Tisch in der Bibliothek fand sie schließlich eine eilig hingeschriebene Notiz. Mit krakeliger Schrift teilte Joseph ihr mit, dass R. ihn und das gesamte Hauspersonal gebeten hatte, einige Tage Urlaub zu nehmen. In der Notiz stand nichts davon, wohin er gegangen war und wann er wieder zurückkommen würde.

Schließlich ging sie hinüber zum Pavillon. Der Pool war trocken. Sie erinnerte sich, wie R. ihr einmal gesagt hatte, dass er das Wasser aus dem Pool ablaufen ließ, wenn er für längere Zeit das Haus verließ. Die Statuen wirkten jetzt nicht mehr wie Wächter, sondern wie nutzlos gewordene Requisiten eines abgedrehten Films. Abgeschoben und stehen gelassen. Ein einziger Tritt würde genügen, sie zu zerbrechen, dachte Helen. Sie ging zurück in die Villa und setzte sich auf eines der großen, weichen Sofas, in denen man sofort versank. Es war still im Haus. Wenn die Stille einen Aggregatzustand hätte, dachte Helen, würde sie gasförmig sein. Sie strömte in diesem Moment durch alle Ritzen, sickerte in die Vorhänge, Polster und Teppiche und durch die Poren in sie hinein. Für einen Augenblick breitete sich ein unerwarteter Frieden in ihr aus. Sie war allein. Alle waren weg und hatten sie zurückgelassen. Plötzlich fing sie an zu lachen. Draußen wogten die Äste der Bäume im Wind, als lachten sie mit ihr. Sogar die Bäume sehen aus, als wären sie von einer Last befreit, dachte Helen. Außer ihr war kein lebendiges Wesen mehr hier. Sogar die Katze war weg. Fast eifersüchtig dachte sie jetzt an Tiara, für die Deborah viele tausend Meilen angereist war, um sie zu retten. Inzwischen lag die Katze wahrscheinlich in einem Pelzbett in einer Villa am Meer und wurde mit Delikatessen gefüttert.

Auf der Suche nach etwas zu essen ging Helen hinunter in die Küche. Sie war eingerichtet wie für ein großes Restaurant; die Einbauschränke aus Chromstahl. Nervös schob Helen die Schranktüren zur Seite, aber fand nur unzählige Töpfe und Pfannen. Auch Porzellanteller mit R.s Initialen auf dem Tellerrand; genügend Geschirr für mindestens hundert Menschen. Minutiös durchsuchte sie alle Schubladen und Schränke, aber sie waren leer und ausgeräumt. Es gab lediglich ein Paket Spaghetti, ein Glas Marmelade, eine Dose mit Mais. Sie las die Aufschrift „Sweet Corn“. Sie biss in eine Nudel, die trocken und hart zwischen ihren Zähnen zerkrachte. Das Glas mit Erdbeermarmelade war schon geöffnet, und auf der Oberfläche hatte sich ein wenig Schimmel gebildet. Mit einem Löffel schabte sie den Schimmel weg. Auch wenn sie sie jetzt nicht essen wollte, später würde sie dafür vielleicht dankbar sein.

Vielleicht werde ich hier sterben, dachte sie plötzlich voller Unruhe, vor ihr die spärliche Nahrung. Vielleicht werde ich verhungern. In jedem Zimmer öffnete sie sämtliche Schränke und Schubladen. Deborahs Zimmer waren leer geräumt. Wie angekündigt hatte sie keine Spuren hinterlassen. Helen suchte an den unmöglichsten Orten, unter Tischen und Betten, hinter den Schränken, sie hob sogar den Teppich in der Hoffnung, irgendwo etwas Essbares zu finden – vielleicht war irgendwann einmal etwas daruntergerutscht? In den Gästezimmern fand sie auf einem Kissen ein kleines Päckchen mit Gummibärchen. Sie setzte sich damit auf das Sofa und aß alle auf.

Durch das Fenster sah sie den klaren, kalten Himmel. Ein Vogelschwarm zog über dem Pavillon vorbei. Es dämmerte. Sie bereute es jetzt, panisch im Haus herumgerannt zu sein. Sie hatte sich verausgabt; in Zukunft musste sie ihre Energie vernünftiger einsetzen. Sie beschloss, auf dem Sofa in der Bibliothek zu übernachten, und holte die Decken aus Deborahs Schlafzimmer. Wie eine Schleppe zog sie sie hinter sich die Treppe hinunter, dabei streifte der schwere Stoff den Sockel einer der Büsten, die hinter ihr auf den Boden fiel. Der Kopf war in zwei Hälften gebrochen. Es war Helen gleichgültig. Fast befriedigte sie die Tatsache, etwas zerstört zu haben. Wie beschämt war sie damals gewesen, als sie am ersten Abend einen Teller zerbrach! Jetzt machte sie sich nicht einmal mehr die Mühe, den zerbrochenen Kopf aufzuheben.

Mit den Decken richtete sich Helen auf dem Sofa ein Nest zum Schlafen ein. Die Lichter, die sonst in der Nacht den Pavillon beschienen, waren ausgeschaltet, und man konnte seine Umrisse in der Ferne kaum erkennen. Die Nacht lag vor ihr wie ein großer stiller See.

In der Bibliothek, umgeben von Büchern, fühlte sie sich beschützt. Der Kamin war ausgeschaltet. Die Vorhänge wurden schwarz, die Sessel, der Tisch mit den Löwenfüßen, alles versank in der Dunkelheit, und im fahlen Licht, das von draußen kam, blieben nur die Silhouetten zurück. Sie konnte sehen, wie der Mond hinter den Tannen hervorkam. Ein Vollmond. Morgen schon würde er wieder abnehmen, dachte sie, und sie nahm sich vor, sich von nun an die Mondphasen zu merken.

Sie legte sich hin, schloss die Augen und dachte an ein frisches, duftendes Brot.

Der Schlaf kam schwer und zog sie mit wie ein Gewicht in eine tödliche Tiefe.

Erst konnte sie nicht sehen, was es war. Sie stand alleine mitten auf einer großen Straße, und in der

Ferne rollte etwas Schweres auf sie zu. Sie träumte von einer riesigen Walze, die Teer in den Boden stanzte, und die Walze kam immer näher. Sie wollte wegrennen, aber obwohl ihre Beine sich bewegten, blieb sie immer am gleichen Ort. Die Walze rollte über sie hinweg. Dabei hörte sie ihre Knochen brechen, es waren unzählige. Sie war überrascht, wie viele Knochen in ihrem Körper waren, und sie staunte über die Tatsache, dass man den gleichen Knochen gleich mehrfach brechen konnte. Sie sah all die Tiere vor sich, die sie tot auf der Straße hatte liegen sehen. Manchmal konnte man nicht mehr erkennen, was für ein Tier es gewesen war. Da war nur blutiges Fell und Fleisch, in den Asphalt gewalzt. Man würde sie gewiss auch nicht mehr erkennen, wenn eine Dampfwalze über sie hinweggerollt war. Sie sah, wie die Walze langsam über sie hinwegrollte. Wann würde man tot sein? Nicht sofort, nicht wenn die Füße und Beine brechen. Obwohl man wahrscheinlich bewusstlos werden würde vor Schmerzen und dann den inneren Blutungen und Quetschungen erliegen, wenn die Walze den Unterleib erreichte, die Lungen, das Herz. Und dann der Kopf, sicherlich, die auseinanderbrechende Schädeldecke würde das lauteste Geräusch erzeugen. Man konnte sich endlos vieles brechen. Sie hatte an einer Hand allein sechsunddreißig Knochen gezählt. Die Walze rollte, und das Knochenbrechen schien kein Ende zu nehmen.

Helens Haare standen ungekämmt vom Kopf ab. Sie trug nur noch ein langes Hemd und nichts an den Füßen. Sie machte sich nicht mehr die Mühe, sich richtig anzukleiden. Zum Frühstück kochte sie das Paket Spaghetti und schlang alles sofort in sich hinein. Sie konnte nicht einmal warten, bis sie richtig weich waren, und sie konnte auch nichts aufsparen. Zu hungrig war sie.

Die Brandwunde an ihrem Bein war jetzt braun und schrumpelig; bald würde die Haut dort abfallen.

„Ich lebe noch", sagte sie sich immer wieder. „Ich lebe noch, ich atme, es gibt zwei Beine, auf denen ich gehen kann." Und dann lauter: „Ich kann noch gehen!" Beschwörend sagte sie die Worte vor sich hin. Sie berührte ihre Beine und bewegte ihre Füße und dachte, dass es ein Wunder war. Es war außerordentlich. Sie hielt die Hand aufs Herz.

„Es schlägt", sagte sie sich. „Blut pulsiert durch die Herzklappen."

Ein menschlicher Körper hat sechs Liter Blut, das hatte sie einmal gelesen. Sechs Liter strömen Tag und Nacht durch mich hindurch, dachte sie. Ich mache nichts, aber das Blut zirkuliert, auch wenn ich schlafe, der Körper ist immer wach. Er ist da, auch wenn ich weg bin; er wartet auf mich, um mich aufzunehmen, wenn ich erwache, um mich durch den Tag zu tragen. Sie dachte an ihren Körper wie an ein selbständiges Wesen, in dem sie gefangen war und das auf rätselhafte Art immer gleich blieb und pulsierte, zirkulierte, atmete, sich hob und senkte und nie stillstand oder innehielt, sondern ohne Unterlass seinen geheimen Gesetzen folgte. Kurz entschlossen ging sie in das Atelier und trug das Bild hinüber in ihre Wohnung. Sie atmete schwer, als sie es die Treppen hochschleppte. Sorgfältig nahm sie das Kerzenbild von der Wand und tauschte es gegen das Portrait aus. Das Kerzenbild musste endlich verschwinden. Mit einem Laken deckte sie das Kerzenbild zu, so, wie man eine Leiche zudeckt. Das Werk war vollendet.

Erlöst, aber völlig erschöpft legte sie sich im Dachboden auf die Matratze. Dort blieb sie und bewegte sich so wenig wie möglich. Wachte sie auf, fühlte sie ihren Puls, um sich zu versichern, dass sie noch lebte.

Helen verlor das Zeitgefühl, wusste nicht mehr, was für ein Tag war oder was für ein Datum. Es kann sich nur noch um Stunden handeln, dachte sie. Ihr Mobiltelefon war ausgeschaltet, die Batterie leer; aber sie war zu kraftlos, um sie noch aufzuladen. Sie wollte nicht mehr wach sein, sondern die Zeit mit Schlaf überbrücken. Sie träumte von einem Vogelherzen. Der Vogel war bereits tot, aber das Herz klopfte noch, Helen starrte auf den nackten dunkelroten Muskel auf ihrer Handfläche, das winzige Vogelherz, das sich dehnte und zusammenzog, sinnlos und panisch.

Später, im Halbschlaf, hörte sie das sich öffnende Tor und das Geräusch von knirschendem Kies. Sie fand R. in der Bibliothek. Er saß an dem großen Tisch, und seine Füße berührten kaum den Boden.

„Die Zeit ist um", sagte er, ohne sie anzusehen.

Helen nickte. „Dann auf Wiedersehen."

R. fiel langsam in sich zusammen, wie damals im Atelier, aber jetzt bedauerte sie ihn nicht mehr.

„Gehen Sie nicht", sagte er, „ich bitte Sie. Sie können alles haben, alles, was Sie wollen."

Er sank nach vorn und verharrte dort wie eingepflanzt in die große braune Tischfläche. „Gehen Sie nicht!", sagte er jetzt, aus seiner weinerlichen war plötzlich eine warnende Stimme geworden, aber sie hatte keine Wirkung mehr auf Helen.

„Auf Wiedersehen", sagte sie noch einmal und kehrte auf dem Absatz um. Sie hörte ihre Schritte auf dem Marmorboden, hörte, wie die Tür hinter ihr zufiel. Sie blickte nicht zurück, als sie auf die Straße trat. Der Wind wirbelte die Blätter auf und blies ihr ins Gesicht. Es roch nach Herbst.

Der Koffer war schwer, Helen ging etwas zur Seite geneigt. Lucilles Koffer war immer noch wie neu, unversehrt. Sie fragte sich, wo sie ihn noch überall hintragen würde und wie lange es wohl dauerte, bis das Leder zerkratzt war und aussah wie ein Koffer, mit dem man um die ganze Welt gereist ist. Sie hielt ein vorbeifahrendes Taxi an.

„Was machen Sie denn hier so spät allein auf der Straße?", fragte der Fahrer kopfschüttelnd.

„Zum Flughafen“, sagte sie, „so schnell Sie können. Sonst verpasse ich meinen Flug!“

Der Flughafen war wie ausgestorben, die Schalter leer. Sie bekam einen Platz im letzten Flugzeug. Helen hatte sich vorgestellt, wie die Stadt in Landschaft übergehen und langsam aus ihrem Blickfeld verschwinden würde. Aber da war nur eine Anhäufung von Lichtern, rote, gelbe, blaue; ein helles Meer von Farben, das da unten beharrlich gegen das Dunkel blinkte.